文学之都·青春文丛

龙门的哭泣

《青春》杂志社 编

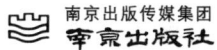

图书在版编目（CIP）数据

龙门的哭泣 /《青春》杂志社编. -- 南京：南京出版社，2022.12

（文学之都·青春文丛）

ISBN 978-7-5533-3917-7

Ⅰ. ①龙… Ⅱ. ①青… Ⅲ. ①散文集 – 中国 – 当代 Ⅳ. ①I267

中国版本图书馆CIP数据核字（2022）第202285号

丛 书 名	文学之都·青春文丛
书　　名	龙门的哭泣
编　　者	《青春》杂志社
出版发行	南京出版传媒集团 南 京 出 版 社

社址：南京市太平门街53号　　　　　邮编：210016

网址：http://www.njcbs.cn　　　　　电子信箱：njcbs1988@163.com

联系电话：025-83283893、83283864（营销）　025-83112257（编务）

出 版 人	项晓宁
出 品 人	卢海鸣
责任编辑	石长安
装帧设计	石　慧
责任印制	杨福彬
排　　版	南京新华丰制版有限公司
印　　刷	南京爱德印刷有限公司
开　　本	787 毫米×1092 毫米　1/32
印　　张	7.5
字　　数	109千
版　　次	2022年12月第 1 版
印　　次	2022年12月第 1 次印刷
书　　号	ISBN 978-7-5533-3917-7
定　　价	56.00 元

用微信或京东
APP扫码购书

用淘宝APP
扫码购书

目录

南极 / 大头马 …… 1

书与蛮：东京两记 / 朱婧 …… 45

鼠患之年 / 向迅 …… 79

20世纪20—30年代的

四首汉诗 / 李丹 …… 121

煎饼姑娘 / 李黎 …… 145

在维斯比的最后一个夜晚 / 余幼幼 …… 153

许先生与青皮橘 / 庞羽 …… 163

龙门的哭泣 / 房伟 …… 169

柏林日记 / 春树 …… 195

南极
—— 大头马

南京市第三期"青春文学人才计划"签约作家。1989年生。出版有中短篇小说集《谋杀电视机》《不畅销小说写作指南》《九故事》，长篇小说《潜能者们》。作品散见《收获》《小说选刊》《花城》《十月》《小说界》《上海文学》等。

关于南极我一个字都不打算讲。

这么想的时候我正坐在复活节岛的安加罗阿村主干道上的一家咖啡馆，吃一份150块的菠萝海虾盖浇饭。大约有50只苍蝇在跟我一起争抢。远远看去我颇像是法力加持的高僧，从神秘的东方远道而来挨宰。这是中午12点，放眼望去，这条主干道上的所有餐饮业独独靠我一人支持。咖啡馆的老板倒不像苍蝇那么急赤白脸，看到我先是吃了一惊，继而才想起来自己还有一门煮饭的手艺。也许就是这份异象吸引到了从我面前走过的中国人，他先是看了我一眼,走了过去,然后又倒退两步走回来。

"你就是那个刚刚从南极回来的中国人?"

"嗯?"我愣了一下,然后点点头,"是我。"

"哎呀!你好你好。我刚听一个美国人说起你。"

我应该怎么说呢?

这就是复活节岛。所有人认识所有人。待了没两天我已经差不多同岛上的一半人打过招呼。第三天的时候你坐在路边就会有不认识的陌生人上前同你结交攀谈。这感觉简直像在玩《金庸群侠传》,武侠小说或是RPG游戏。一个意思。你不是在生活,而是在一个明中暗里勾连紧密的江湖之中行走,一举一动都在引发蝴蝶效应,每场对话都至关重要,只要时间流逝就一定会触发关键剧情,转角遇到命中注定的仇家:"你就是那个打伤了崆峒三老被放逐北疆的贼子?""不错,你们少林的空见大师亦殒命于我手下,你待怎的?"在岛上,我同大多数游客一样,日出而起,白天参加岛上经营的各种观光团打发时间,日落而息,晚上被各种走兽飞鸟穿透墙板的噪音击中,从有关岛上巨大火山口和神秘石像的噩梦中惊醒。我们这些被各种观光团瓜分的游客,就好像一个个临时组成的社交小团体，谁也不知道今天这趟复活节岛南部之行结束后，会在接下来的哪个观光团里再次相遇。也有可能是，我们在同一趟线路的不同观光团里又会再见面。我和那两个结伴而行的英国老太太就是这么再一次在火山口会了面，她俩看到我，激动地从自己的队伍里逃脱出来，拽着我问："我们昨晚回去Google了一下新闻，所以你是哪个中国女孩？Fan Zhang还是Yixin Wang？"

现在回想一下，我并没有在任何一个观光团里结识什么美国人。风声是从哪里走漏的呢？

有可能是我在民宿的第一天认识的那个智利小伙子巴勃罗，后来我才知道他是民宿的义工。当我走进这家腐气沉沉、一股子老人味儿、坐落在安加罗阿村次主干道上的家庭式民宿时，第一反应是想赶快逃跑。幸好我住的房间热水器坏了，我和巴勃罗修了一下午热水器，这才让我再没力气逃跑而只想蒙头大睡一场。实际上，当我从南美寡头航空LATAM降落在复活节岛机场的客机上跳下来时，第一反应也是想转身跳回飞机。

的确，这里气候宜人风景如画。可我不是来度假的呀。

阻止我的是无法改签的机票。如果我想再买一张立刻回到智利大陆的机票,所付出的价格将比来回加在一起还要高昂。

"所以,南极怎么样?"登记完我的信息后巴勃罗盯着我问。我先是一惊,大脑中迅速过滤了一遍刚刚我们的交谈,确信我并没有提到半个字有关南极。接着突然明白了他是怎么知道的,我正身着南极马拉松比赛的完赛T恤,上面写的可清楚了。

"你刚从南极回来?"

"差不多吧。"我含糊其词。

还有可能是那两个来自伦敦的老太太。当时我们在一个一日观光团的午餐桌上相遇,杯酒在手,高朋满座,我们这些花了大价钱不远万里跑到这样一个与世隔绝的太平洋小岛上来的旅客,势必要谈兴大发,各自讲述一下此番旅程的来龙去脉,如何在命运的中继坐在了同一张餐桌上,接下来又要去哪儿。于是我只能用气若游丝的声音嗫嚅,我刚从南极回来。"哦!南极好玩吗?"大家一下来了精神。"不好玩,我是说……我不知道。"我心想既然开了这个口,就不得不把这件事讲清楚了。"我不是去南极玩的,我是去跑马拉松的。"几乎羞于承认,我跑了倒数十几名,不是从南极回来,是好不容易半死不活地回来的。

这也是很久前的事了。

现在我重新回到了往日那种枯燥平静规律的生活中,每天花主要时间待在游泳池,皮肤鞣出一汪氯水味儿。在水下观摩人体扭曲成另一类生物。行动迟缓,匍匐浪进。过了冬至,北京很快陷入一种规整的寒冷中,除开雾霾浓重的日子,你不觉得出门是一件困难的事。拜在布宜诺斯艾利斯养成的习惯所赐,我又再次学习使用公共交通工具,翻墙倒柜找出交通卡,每日从地铁里钻进钻出,从外围穿过整个东单公园,路过同仁医院,路上有卖橘子、糖葫芦、专家门诊号的小贩,尿骚味儿扑面而来,我挂着耳机听摇滚,或是非常抒情的感伤小调,走起路来脚下带风,无论在地铁密布的人流中,还是白刺刺的大街上,逆人潮而行,感觉自己是一名偶像。身负艰巨任务的偶像。只是到目前为止煞有介事的无所事事。一旦坐在电脑前写两个字就感到天旋地转。酒精不成瘾，焦虑无处可放。

如果不是再次见到M我都已经要忘了南极这件事，M是和我一起参加南极比赛的中国选手之一。当时是在箦街一家川菜馆子，一进去在座几个年岁不大的男男女女整齐朗声喊："姐——"喊得你以为自己是什么帮派老大的大房。事情的由头是M的弟弟痴迷直播，是地方上的大主播，这名不满二十岁的少年想要自己投资拍一部讲述直播故事的电影。"姐我跟你说，除了石头有点困难，天佑啊映客花椒YY上的大V我都能给你找来，总之这事儿吧天时地利人和，现在就差一剧本了。"少年非常谦逊，学籍挂在上海，忙时在老家指点矿产生意，闲时进京飙车向往二环十三郎，我在车满为患的箦街体验推背感，不断出戏心想是什么样的社会摇把我和M，以及约莫也就是二十天前的那场比赛重新联结在了一起。

如果一定要说的话，至少可以有两种基调来说这件事，宏大正义，或是诙谐嘲讽。主要取决于是否以局外人的口吻来复盘，或者和心情有关，心情不好时心中满怀慈悲、满是伤痕，就必须把这事说成是自我救赎，否则对不起花出去的钱。心情好时就不考虑他人，以寻常两倍的语速攻击世界，他人笑我太疯癫，我说大家猜对了。

当然了，当我抱着向死而生的信念在家门口的银行朝那个陌生的爱尔兰账户汇去一大笔欧元的时候，自是没想到事情居然还可以有第二种基调的讲法。要说这件事就必须提到N，我和另外四个当时还素不相识的中国人会想到去报名这个极寒马拉松，都是因为N的缘故。我和N不算熟络，是多年的网友，在此之前见过一面。就在我刚刚认识他那会儿，他正在完成一个七大洲马拉松计划，听起来酷极了。当我跑完第一个马拉松，他也正好跑完了南极马拉松，成为七大洲马拉松俱乐部的第二个中国人。一个事实是，世界上真真确确有这么一个七大洲马拉松俱乐部，而入会的审核资格就掌握在经营南极马拉松比赛的公司手上，因为南极马拉松是必经之关卡。

无一人支持。亲朋好友的意见主要分两种：第一，你这完全是去送死；第二，你是有钱没地方花。总之大家都觉得你是闲得慌，要么就是作得慌。大部分人都觉得花钱这件事比跑步这件事更牛逼。因此这件事在我真正成行——应该说，踏上智利最南端的土地，蓬塔阿瑞纳斯之前，我都被动处在了一种明知山有虎偏向虎山行的个人英雄主义氛围中。本来没有什么，一致的反对倒显得我像在履行什么中二使命，二十好几了抓住青春期的尾巴叛逆一发，总之如果不能给出一个说得过去的理由，这事儿简直就是荒诞。总不能说，只是因为看起来很酷。也不能说，因为我也想加入七大洲马拉松俱乐部。最后只能说，我去提前拯救一下中年危机。据N说，参加这个比赛的五十个人，每个人感觉都是来挽救中年危机的。因为大家都很失败。也因此还有一个冠冕堂皇的理由，我是去收集写作素材的。应该不是每个人都像我这样，每次坐飞机的时候都希望飞机可以就此掉下去。也不像我这样，每次飞机平稳落地后，不随着乘客一起鼓掌，而是冷冰冰地坐在座位上，平静地等待嘈嘈切切的乘客站起来、取行李、打开手机收取信息、打电话、汇报行程和平安、陆续走出客舱，等到客舱变得空荡荡的，再站起来。我非常希望自己能够给出一个积极正面的理由，好让花这么多钱去南极跑步这件事看起来不那么绝望。我给不出。

去蓬塔之前我和N在纽约东村的某家日料店再次碰面了。前一天的早上，我们以在中央公园跑步的方式进行了会晤，一同前来的还有N身患抑郁症的表弟。主要诉求是减轻我的心理压力，"是个人都能跑完。"N斩钉截铁。他的保证很有效，跑着跑着我就跑不动了，心想临时还抱这佛脚干吗。在中央公园跑步通常来说有两条路线，绕一个大圈是6英里[①]，绕小圈是5英里。早上7点半，跑步者络绎不绝，如过江之鲫。我已经厌倦和人交流跑步这件事，平时也并不与其他跑马拉松的人来往，N是个例外，因为我们并不是通过跑步认识。一开始我总疑心N也挺抑郁的，他的外在表现的确会给人那种感受：不抑郁谁会满世界去跑马拉松这么折磨自己？也许这就是我不愿意和其他跑步的人来往的原因，这运动太私人了，会走上这条路的人多半有自己的理由，我们应该交谈的地方是某个匿名互助协会。我们三个都越跑越慢，最后就绕着湖象征性的转了一圈，跑步改观光，路过古根海姆博物馆时，N的表弟指给我看："你瞧，这就是《麦田捕手》里的那个

[①] 6英里约等于9.6公里，5英里约等于8公里。

龙门的哭泣

湖。""哪个?""就是霍尔顿问湖里的鸭子都去哪儿了的那个。"

这样在文章里头对他人评头论足挺不好。试着猜测别人的生活也不太好。往常我会把旁观的人事写在小说里,以虚构的形式遮盖我这种评头论足的恶习,后来我发现自己连这种伪装都懒得再进行了。一旦试着写点什么,就觉得没必要。据说这种感觉叫作虚无。后来在东村的日料馆子,我问N:"你是怎么解决虚无的问题的?""虚无?"他说,"我都不好意思提到这个词。"他这么一说我也瞬间就不好意思了。生活可能没我想的那么宏大,都是很细碎很麻烦的,不需要带有那么多的心理活动。现代人和古代人的一个区别可能就是现代人的情绪太复杂太精细了。以前的人不会有那么微妙的情绪,比如尴尬,或是虚无。至少不会有精力让这种精微的情绪放大到那么大。大到没法继续生活了。我琢磨着我会由着自己这么虚无下去,可能主要还是太闲了。而且你看,我也写不出什么小说了。只能写写自己的情绪。"那么,你还会继续写作吗?"我问N。除了跑马拉松之外,N业余还写点东西,我挺爱看。"希望可以吧。不过我太忙了。不是我不想写,是我太忙了。"N现在的业余生活主要被跑马拉松这事儿占据了。我觉得这好像不对,但也没什么理由觉得人家不对,只能说:"我觉得你还是应该写作。"

我觉得人家不对,可能主要还是觉得我自己不对。主业没做好,才去跑马拉松,巴望用副本的成就值掩盖主线打不下去了这件事。我觉得人家抑郁,主要是我自己挺抑郁的,抑郁者的眼里万事万物皆抑郁。我觉得跑步的人反社会,实际上人家没准跑得可开心了。

从南极回来之后我失语了一段时间。南极像一枚巨大的LSD,一个充足了布洛芬的氧舱,在里头无忧无虑,什么也不用想,也不用做。也做不了。除了比赛的那天,每天就是一日三餐,睡觉休息,大量的时间里我们无所事事,而且理所应当。我带了Kindle和一本纸书,为防止在南极由于气温过低而无法打开Kindle。结果证明操心过度,Kindle、iPhone和所有电子设备都好端端的,南极的状况完全没有想象的那么恶劣,舒适谈不上,存活还是可以的。我带的纸书是特德·姜的

《你一生的故事》，以前看过一遍，这次在路上又看了一遍。未来我还会看许多遍这本书，不过在南极的那几天，我几乎什么都没看。大部分时间，我们都是在等待。

回到北京的那天，我收到南极联合冰川营地的厨师凯撒的邮件。他在信中写："你们离开以后，这里的风变得很大，这段时间的风速大概在60km/h，你还在复活节岛吗？"过了几天之后我才回信，事实上，是有心力回复每一封我在路上认识的人的来函。第一封回给在百内认识的摄影师朋友，他发了当时拍的照片过来，我称赞了他的摄影，把多数照片删了。第二封是一位在蓬塔生活的美国女孩，她来自华盛顿，受过良好教育，会说流利的西班牙语，在智利待了两年。我们一起去了百内。在路上我问她，"你打算什么时候回美国？""再说吧。你知道，我们刚刚有了一位新的和屎一样的总统。"还有一封应当来自复活节岛的巴勃罗，他还在路上。凯撒是蓬塔人，在联合冰川营地工作三个月的收入就抵得过他在蓬塔一年的，我们在营地认识时，他说打算第二年去别的国家旅行工作，也许是北京。我极力劝说他打消这个念头,"你的手艺在北京会找不到工作,而且北京的房价极高。连我都快待不下去了。"我觉得他会相信我,在南极,所有人都穿着在蓬塔的装备公司租赁的衣服和靴子,加上几天没洗澡,大家都很狼狈,这使得我看起来和其他人一样富有。

巴勃罗呢?

复活节岛实际上只有三种路线。一种是全天的,从岛南部沿着海岸线一路往东,最终到达形成复活节岛的第一座火山,在那里有全岛最著名的十五座石像。另两种皆为半日,分别去往另外两处景点。这三种加起来就可以把整个岛该看的景点看遍。实际上也就是几处石像遗迹、采石场和火山口之类的。所有岛屿的生命形态大概都差不多。我在岛上待了五天,发现全岛几乎都没有网络,这件事给我当头一棒。按理说这不该是个从南极回来的人应有的态度,是,虽说皆为绝境,可复活节岛实在是太不脱俗了。我走过商业氛围浓厚的整座岛屿,目睹破败泥泞的人迹,感到心灰意冷——你感受不到人们在这里生活,他们只是这位被称为旅游者的你的设施。我以为自己有一个本领,可以很快适应任何一个陌生的地域，褪去游客的身份，进入当地的生活。后来发现这不过是想象：我自认为弄懂了当地的交通、气候、穿着和饮食，学习像当地人一样生活，就可以短暂地被这个地方所留住。这应当并不是真的。前一晚我还在圣地亚哥，从游客蜕变为当地人的那个特殊时刻和场合是我往武器广场的方向走去时，被一栋奇怪的建筑吸引，走进去原来是一个螺旋形上升的商业楼层，每一层楼皆是鳞次栉比的理发、美容、美甲等集合型商铺。我从未见过如此高度同一的密集型商业形态，在任何一个密集型商业区，生态总是丰富多样，形成有竞争亦有互补的良性反馈模式，而这里——你能想象走进了一栋有差不多上百家理发店的大楼？但依然欣欣向荣，每间店铺都有顾客充盈其间，有些甚至要排队等候。这里几乎没人懂英语，我还是随便走进了一间做了个指甲。走出美甲店后得出的结论是，智利的电视剧和中国的一样糟糕。为了配这颜色颖艳的指甲，又走进了一家服装店把全身行头都换了，并坚持和店里不懂英语的智利小伙搭讪，询问其审美意见。从店里出来后，我终于南美了。这才走入Trip Advisor上排名第三的红酒品鉴餐厅喝了个囫囵吞枣，然后成功地被两位从伦敦来的正在环游世界的夫妇认识，多了一个借宿的地方。我后来把这种本领归结为一种强奸异乡生活的能力。可是在整个复活节岛，我找不到这个神奇的时刻，让我能够融入此地，暂时不那么出离。也许是因为这里太孤绝了，也许是因为种种细节又显示出某种入世——我某天的导游用的手机是联想牌。地理位置上的隔绝并没有阻止它与世界接轨，它的生命特征又不足以对世界各地涌入的符号形成制衡，这也接纳，那也接纳，就失去了它自己。

修完热水器的那天晚上岛上下起了瓢泼大雨，我每小时被惊醒一次，雨声浩大，时间缓慢，我感觉自己被永远地抛弃在了这个太平洋的孤岛上。雨又持续下了一整个白天，我不得不待在房间里，直到下午才决心出门寻找网络，因为必须要处理一些工作琐事，以及购买接下来的航班。等我找到一家网吧，处理完事情又返回房间时，才发现没有把落地窗关上。巴勃罗白天的工作是一名导游，在头天他不仅把整个岛大致的状况和我介绍了一遍，还告诉我，如果说在这里有一点什么好，那就是你不用担心任何安全问题。夜不闭户，路不拾遗，出门都不用锁门。出于亚洲人与生俱来的谨慎，我是在发现落地窗没关后才逐渐相信了这件事。复活节岛的一切东西都要从大陆运过来，包括电——他们的用电依靠石油。每四个月船只会把无法燃烧的垃圾运回去，岛上的人们尽可能回收利用一切东西。

"你是怎么忍受待在这里的？"我非常不礼貌地询问我的导游，她是一个有耐心、慈祥的中年女性，每到一处景点，就把我们放下去，然后像牧羊人一样安静地待在树荫下等我们回来。

"我觉得这里没什么不好的。"她说。

"那么那些年轻人呢？他们总会耐不住寂寞。"

"我的孙子孙女现在和我待在一起，不过他们的父母都在大陆。还是有年轻人愿意待在岛上的。"

"那么这里的教育呢？"

"教育只到高中，想上大学的话他们得去大陆。"说话时，她盯着远处的小岛，那是名叫Motu Nui的小岛，18世纪后期每当春天来临时，一种名叫Manutara的鸟都会在这个距离复活节岛2公里的岛屿上产蛋，各部族会派遣自己部族的鸟人趴在蒲草舟上划行过去窃取鸟蛋，第一个将鸟蛋完整带回的部族将有权支配这一年岛上的资源。"这里多美呀。"她出神地盯着大海，"他们管这叫太平洋蓝。"

我住的民宿是一个年长的女人独自经营的家庭式旅馆，女主人不懂电脑，需要巴勃罗帮她处理网络订单和充当客服。交换条件是她帮巴勃罗找到岛上的头份工作，并提供给他一个庇护所。他可以自由出入这里，把这儿当作一个家。他在大陆出生，却跑到这座孤岛来谋生，我管他叫岛漂。头次见面的时候，巴勃罗能够非常迅速地通过我说的话写出对应的中文字，我起先以为这是一个南美人对于神秘东方文字所产生的一点儿小兴趣，类似于我们多少都懂几句日语。等到了最后一天，由于我已经退宿，又不想再顶着太阳出门消耗体力，便百无聊赖地待在客厅看书，那会儿我正好看完何伟的《甲骨文》，转而开始看《江湖丛谈》。人就是这么贱格，只有跑到距离祖国无穷无尽遥远的地方，才会突然慈悲为怀，在文字里回望故乡。

"你看起来很无聊。"穿过客厅的巴勃罗看到我，跟我打招呼，他刚刚结束自己的一个向导工作。这几天我几乎没怎么见着他。

"是的。"我放下Kindle。何止是无聊。

"想聊聊吗?"

"好啊。"

"你看起来不是很开心。"

"是的。"

"为什么?"

我无奈地想了一下,然后问他,"你们是怎么忍受没有Wi-Fi这件事的?"

我诅咒复活节岛。我诅咒世界上每一个没有Wi-Fi的地方。

也许除了南极。

从亚洲去南美需经北美或欧洲中转。我从北京飞到纽约,在纽约胡吃海塞了一个礼拜,每天在街上胡乱地走、看展览、和朋友聚会,试图忘记接下来要去南极这件事,做垂死的挣扎。一年前报完名后,我先是度过了一段每天早上一睁眼大脑就开始自动播放上个年度南极马拉松比赛视频、焦虑地直接从床上蹦起的日子,继而就开始了旷日持久的自我麻痹,除了每月还信用卡的时候(因交完报名费而陷入了经济窘迫),几乎已经忘记了南极这件事。2月,去东京跑东马,膝盖受伤在30公里处没过关门时间而没完赛。6月,斯德哥尔摩,头次跑进了5小时。10月底,上海,把用时又稍微往前拉了一点点。起点太低,每一次比赛都是最好成绩[①]。除此之外,这一年我过得并不顺利。——几乎很难说哪一年是顺利的。除了埋头写东西,其他时候都是心灰意冷。好在我大部分时间都在写东西。我认识了不少新朋友,不过这并没有让我开心起来。"我觉得自己永远不会快乐了。"我和一个朋友说。他安慰我:"我在27岁的时候也是这么想的。""然后你发现这是真的。"

除了写过的几篇小说,跑过的几场比赛,认识的几个人,我对这一年发生的事印象模糊。也很难说对哪一年印象深刻。过往如流水,雁过无痕。时常我感觉自己身处一片巨雾,看不见过去,也看不见未来,只能看见现在,而且你根本不知道自己是否在往正确的方向走。你不知道走下去会到哪里,也不能停在原地。五分之一

[①] Personal Best,个人最好成绩。体育术语,常见于田径和游泳。

的时间里，我盲目相信，觉得自己重要。五分之四的时间里，我只是等待。这一年的大部分时间，我等待11月的到来。每一天在北京的夜里练习跑步。每当雾霾浓重的夜晚戴上口罩出门，都觉得自己是一个惨烈的战士。我练习得相当不怎样，只能算马拉松入门选手，为了完成这场比赛，只能在彻底忘记比赛这件事之后，让训练成为潜意识里日常规训的一部分。现在我可以说了，跑步是世界上最无聊的事之一。

8月之后，我又重新想起南极这件事了。于是又陷入早上一睁眼就是孤山雪地画面的状态。如此受折磨仨月。一开始跑步是为了缓解对主业的焦虑，到后来跑步这件事也成了焦虑的一部分。人类之可笑莫过于此。8月后赛事主办方开始频繁给选手们发邮件，周知比赛事宜，签署文件，杂七杂八各种事情。有一份类似生死状的文件需要除我本人之外的另一个见证人签署，成年人，我想了半天不知道找谁帮我签，北京太大了，我和这里任何一位朋友的交情都没有到让其专为签一份文件出门一趟的程度。最后我翻查手机通讯录，找出了一个跟我交情不深但住得离我最近的朋友。

在纽约饯别了朋友后我从利马和圣地亚哥中转至蓬塔。举办比赛的说是一家公司，实际上只是一个人，爱尔兰人理查德是这个公司的创始人，也是灵魂人物。我是从南极回来以后出于好奇检索了他，才知道他是谁的。这是个怪人。他创造并完成了许多类似于四天跑完七大洲马拉松的极限比赛项目。和他通邮件差不多一年之后，我终于在蓬塔见到了他。那是我到达的第二天一早，我刚起床，脸还没来得及洗，门就被敲响了，理查德和一个摄影师站在门口。他们是来检查选手装备的。"你好，我是理查德。""你就是理查德？""我就是。"直至此刻我才有种梦境终于成为现实的感觉，我没戴眼镜，几乎看不太清他的样子。"一切都很好。不过你最好再买一副更厚的手套。"理查德检查完我的装备说。

这之后我需要频繁和理查德打交道，同来的中国选手因语言、时差、保险等各种琐碎事务出现问题，我被委以"队长"的职务，不得不一而再地找他，最后一次在前台打电话请他下来时，我感觉他的耐心已经快用完了，连连道歉，他说，"放心，我们不杀信使。"

我很快地觉察到，他身上弥漫着一种顶尖体育运动员的气质，温和、低调、谦逊。这种魅力具有强烈的蛊惑作用。以至于从南极回来后，我一度着魔般地想要再次报名次年的北极马拉松，倒不是为了再获得一枚奖牌，而是为了追随理查德。最后因为更加高昂的报名费而暂时打消了这个念头。很显然，我不是唯一一个受此感召的人。南极比赛的不少人都是理查德的老熟人，跟随他参加了许多稀奇古怪的赛事，同一场比赛参加过几遍的也不乏其人。

我一度因为这次的比赛一下去了五个中国选手感到失落。在此之前，包括N在内只有三个中国人完成这个比赛，我满以为可以挤进前五，谁知一下子变成了前十。在蓬塔的第二天我陆续见到了其余四个选手，M、W、Z和S。他们彼此倒是早已相识，因为跑马拉松若干年，共同参加过不少比赛。跑马拉松的圈子就那么大，我经常在参加一个比赛认识新朋友后发现交叉的人际联系。在我见到这四人之前，N已给我们拉了一个微信群，彼此加了微信。通过对他们朋友圈的观测，我感觉自己不像去跑步的，更像是参加了一个长江商学院。这种偏见在到达蓬塔的头两天达到了顶峰。几乎没有一个人按照主办方的规定行事。中国选手很快成为这个一共才五十位参赛者的比赛队伍里最鲜明的一小撮。在迟迟见不到另外四位中国选手也无法检查他们的装备后，理查德发火了。他给中国队发送了一封语气强硬的邮件，通知他们必须立刻出现在酒店一楼。四位选手在微信群里紧急商量了一分钟，决定委派我作为代表下去，并冠我以小队长之职。从此我被动积极承担起了小队长的责任：开会和传达会议精神，以及努力让所有人走在正确的轨道上。对此我满心无奈，一直以来，我才是那位无组织无纪律、自由散漫惯了的人。可另一方面，那几位队友和偏见中的想象很不一样，个个性格倒是很好，洋溢着生机，使得我生不起气来。我很快就发现，自己不自觉的同他们亲近起来。

11月是南极的夏天。这时候南极内陆的气温通常在-35~-20℃，气温受风速影响很大。我们在蓬塔集合后，开了两天会，和其他五十个来自十二个国家的选手认识，反复检查装备，学习简单基本的在南极生存的知识，然后等待。在预定要飞的前一天，我们接到通知，

龙门的哭泣

必须在集合出发的酒店随时听令，因为飞行完全取决于天气，气温和风速决定了视野，飞行员必须确保万无一失才会飞行。M、W、Z和S都窝在我的房间，因为只有我成功预订到了主办方及集结地点的同一家酒店。大家都有些焦躁不安，等待7点到8点半之间的邮件通知。最终，我们得知仍然按照第二天的预订时间飞行，所有人都疲累极了，最后五个人在我的房间凑合了一晚。标准间，两张床。那是我烦躁和委屈的顶峰。按照预定的计划，第二天飞到南极大陆，第三天就要比赛了。这一晚的睡眠对我来说非常重要。更别说，我是五个人中比赛经验最少、成绩最差、准备最不充分的。可这时，大半夜的，W突然提议卧谈。

  W是我们中年纪最大的，有五十多了，某上市公司首席财务官。可他也是我们中最不成熟稳重的，犹如老顽童，一天到晚嘻嘻哈哈，像悟空带着猴子猴孙们云游般。一点不像来参加比赛的，也不像企业高管。只有一点表明此人非同小可，他是我们五个人中成绩最好的（PB进了3小时），是完赛六大满贯的第一个中国选手。Z是成都一个广告公司的合伙人，一双儿女的母亲；

M做生意，相貌不俗，身材奇佳，爱打扮，我一度以为他是Gay，后来发现是位性格质朴的直男；S是一家互联网金融公司创始人，一直显得心事重重，若即若离。此人大男子主义，脾气古怪，其他三位都有点受不了他。

卧谈会开了半个夜晚，他们都逐渐陷入甜蜜的睡眠。只有我辗转反侧，几乎一夜未合眼。如果不是要参加比赛，我得说这卧谈会确实挺成功的。到了早上，疲惫和困倦拖垮了我的大脑。大队集合到达机场，我们被告知仍得在此等候。无聊之际，W又突然提议，等也是等，不如打牌。大家一听齐拍大腿，这是咱老传统啊。M立刻行动起来，在机场买了两副扑克牌。S冷眼旁观，看起来并不想加入其中。三缺一。我这个小队长还有什么理由推脱呢。更何况，打的是掼蛋（W和我一样都是安徽人）。没想到，这幅极具中国特色的画面贯穿了接下来的南极全程，无论何时何地，另外四十几位国际友人都能看到四个中国人热火朝天地掼蛋的身影。更没想到，打着打着，我的不快烟消云散。

四个半小时后我们到达南极大陆的联合冰川营地，这是去南极点和文森峰的必经之地。除了远处灰黑色的山峰和眼下的白雪，就什么都没有。没有任何活着的生命。那些看上去就在眼前的山峰实际上离我们远得很，最近的也有两公里。我们两人一顶帐篷，帐篷比我想象的宽敞许多，两张行军床中间还有一张小折叠桌。晚上我们睡在睡袋里，那些睡袋非常厚实暖和，我并没有遇到N之前提醒的晚上睡觉会非常冷的问题，有时候甚至热到得把胳膊伸出来。在南极我睡了这几年最好的几觉，实在是太安静了。后来达克——一位来自澳大利亚的选手在脸书上写道："在南极我不得不尽量小心翼翼地走路，以避免靴子踩在雪地上发出的吱吱呀呀声会破坏这片神圣的静逸。"准确极了。我是在待了好几天后才猛然想起找出耳机开始听音乐的，那会儿我正在往我们在营地的餐厅——营地最大的那个帐篷走去，音乐响起的时候我愣在原地，南极像是个巨大的降噪耳机。

我们原定于到达南极的第二天进行比赛，但这也因天气推迟了，营地的科学家告诉我们第三天的天气更适合跑步。于是我们继续等待。在营地并没有太多可做的事情。有小型图书角，不过摆放的绝大部分是和南极有关的书籍。大部分时候我们在餐厅待着。在营地可以洗澡，全程手动，一次可以洗三分钟（那是一桶热水均速流出的时间）。到了第二晚我因忍受不了想要洗澡时，他们极力将我劝阻住了，为了避免在比赛前感冒，节外生枝。所有人都开始向着原始人的方向发展。我们到点吃饭，到点睡觉，到点在餐厅一起坐着发呆和打牌，对话弱智而无聊。好像我们所有人都变成了智力低下的单细胞生物，但这样倒也非常幸福。大脑空空，大腹便便。有时我们是在帐篷打牌，M和W是野生佛教爱好者，打牌的同时W会放心经当背景音乐。我终于忍不住呵斥道，"能不能不要在打牌的时候放这玩意儿！"我出离的自己审视这幅画面，四个中国人的帐篷里，心经的背景音乐传响整个营地，他们既非在里面打坐亦非冥想，而是在里面掼蛋。我不由得疑惑，我是谁？我在哪里？我在干什么？

到比赛那天，我有一种体察，所有人迫切想要跑完这42公里的主要原因都是因为跑完就可以洗澡了。比赛路线大致是以营地为起点跑两圈，一圈是半程。前一晚我们开会时科学家们已经跟我们分析了路线的细节，诸如跑到哪些部分会有强风，有人的补给点和无人的补给点大致在什么位置等等。前一天我们跑了几公里热身，比赛的难点倒不在温度，当你跑起来的时候，会散发大量的热，我们跑了一小段就汗流浃背。真正的难点在于，在雪地上跑，毫无借力，不仅速度会很慢，还会消耗大量的体力。雪地不够平坦，在积雪中一脚深一脚浅会让人随时有失去平衡的风险。强风路段也需要注意，气温骤降，体感温度也会下降，必须尽快通过。

毫无疑问，来参加比赛的人几乎都有着大量的比赛经验，有不少是来刷七大洲俱乐部成就值的。在蓬塔头一次开全员会议的时候，我推开酒店大门先是因为在大厅里突然看见这么一大波人而感到非常兴奋，像跳入海洋球的小朋友一样加入了他们，兴致勃勃地和每个人聊天搭讪，简短地了解他们的一生，随后就陷入了担心：我会不会是最后一名？看起来这很有可能。随后的几天我一直在这种忧虑中，直到我得知了两个消息：第一，我们中有一个超级大神，差点入选本届的里约热内卢奥运会，全马最好成绩是2小时17分；第二，我们中还有一个人毫无经验，南极是他第一次的马拉松比赛。前者非常好辨认。他叫盖瑞，来自爱尔兰，体格精瘦袖珍，总是形单影只，沉默寡言，自带一股神秘冷峻的气场，令人难以接近。到南极后，我们所有人都处在咋咋呼呼的旅游者状态里，大家好像不是来参加比赛的，更像是来参加一个Party，只有盖瑞始终紧绷着，像一只养精蓄锐的猎豹。

后者呢？理查德没有说他是谁，他放出这个消息只是为了让诸如我这样的家伙别太紧张，自然不会公布那个人的姓名。不过，随后我意外得知了他是谁。那是一个来自蓬塔本地的选手，我们在餐厅门口聊天时他非常腼腆率直的告诉我，这是他第一次比赛。我安慰了他两句，就非常开心地回帐篷去了。

澳大利亚人达克是和我最熟悉的一个选手。实际上和他相处总让我有些不自在，他身上有一股过于抒情的文艺青年气质，让人无所适从。我们最开始是在去南极前的机场里认识的，彼此寒暄后，他问，"所以你写的是什么样的书？"我吃了一惊，"你怎么知道的？""哦，是通过网站上的简介。"我这才发现，原来真的有人会把南极马拉松官网上每个选手的简介通读一遍。他说自己也在写一本书，希望能和我聊聊。达克身材修长，长着一副非常接近亚洲人的面孔，学习语言学，会说六国语言，曾经在印度生活过许多年，然后一路迁徙，辗转不同国家，最终定居澳大利亚，妻子是越南人，育有两子，大儿子在学习小提琴。我会这么了解是因为从南极回到蓬塔后，我在蓬塔又待了几天，去百内国家公园玩了一圈，在蓬塔的最后一天，达克请我去他那儿吃饭。一开始我并不想去，从南极回来后，我陷入巨大的失落，整日待在酒店闭门不出，自我反思和厌世。W、M、Z在回来的第二天中午就匆忙登上了回圣地亚哥的航班，中转回国。一直疏离于我们的S自然也不会再和我联系。无论如何，和我相比他们与世界的联系要密切许多。W身居要职，某一晚我们几个散步去找餐厅吃饭时，W感叹，"要在深圳，我是万万没有这样陪你们散步的机会的。"Z在南极每天都要和家人打很久的卫星电话，一有网络头件事就是和两个孩子视频。M最潇洒，没心没肺，看上去永远不会不快乐。他们总是用不完卫星电话的时间，就让我去打，只是我枯坐在电话亭，想来想去也不知打给谁，最后只好原样归还电话卡。离开蓬塔前一晚，我和W、M三人深夜出去觅食，这个小得可怜的海滨城市所有的店都打烊了，最后我们一路走到了整个蓬塔最豪华的那栋建筑，它伫立在这个破破烂烂的南美小城之中，简直像废墟中的巴别塔，格格不入。等我们走近才发现这是一个酒店——还能是什么呢。不管怎样，我们走了进去，顶层的Skybar还在营业，全世界酒店的Skybar都是一个样。我们找了个位置坐下，几乎没有任何服务可言，大概因为这个点真的只有这里还营业，所以人满为患，服务员应接不暇。好在食物尚可以，我们喝了点酒，现在我已经完全想不起来那一晚我们聊了什么，只觉得前一天还在不似人间的南极，后一晚就坐在那个浮夸的夜店听着糟糕的电子乐，这感觉太恍若隔世了。在这种极为迥异的环境之间穿梭，有时候我能努力地适应，有时候则感到迷失。

布宜诺斯艾利斯之后我先是回到了上海，在上海像RPG游戏的人物般晃荡了两天后终于回到了已经陷入雾霾绝境之中的北京。飞机降落在首都机场的时候，我从窗户向外望去，好似来到寂静岭。

在北京，由于恢复了坐地铁的习惯，我又开始使用Kindle了。如果说冬天有一点什么好,那就是你可以穿有很大口袋的外套,什么都可以一股脑儿装进去,包括一整个Kindle。当你出门时双手空空,你就觉得自己和这座城市紧密联合在一起,以天为被以地为床,无论把你扔在哪里,都可以步行回家。夏天时我通常就带一把钥匙和一个手机。从南极回到蓬塔,又从蓬塔回到智利中部后,我就又回到了夏天。在圣地亚哥、复活节岛和布宜诺斯艾利斯的街头,我就只带着钥匙和手机乱转,同每一个迎面走来的人微笑,感觉自己成了南美大陆的一个组成部分。我在地铁里看一本名叫《巴托比症候群》的书时豁然开朗,这是一本饶有趣味的獭祭书,虚虚实实列举了许多作家和他们的作品,这些作家无一例外都是巴托比症的患者。所谓巴托比症,就是指那些拥有写作天赋或已经取得写作成就的作家,某一天起却拒绝写作,开始了长达几十年之久对写作说"不"的生活。卡夫卡、塞林格、兰波、梅尔维尔都是如此。对我来说,这本笃定地肯定失败者的小书,无疑比去趟南极要来得安慰的多,也便宜许多,亚马逊的电子版只要12块。在塞林格长达几十年的不动笔的时间里,他在干吗呢？我不清楚。只有一个问题，罹患巴托比症的首要条件是，你必须已经写出了一本《麦田捕手》。

我还在等。

在酒店送走M他们之后我回到了一个人的房间，一开始我非常不耐烦和人相处，现在则感到一种无法忍受的安静。大概是这种共同经历所缔结的友谊促使我在最后一天赴了达克的晚餐邀约。他独自租住在离我酒店不远的一个公寓式旅馆里，进门我微微吃惊，促狭的客厅中央摆好了一张桌子和两把椅子，餐桌上摆盘精致，我颇觉得有些尴尬，因为这看上去过于罗曼蒂克了。不过我没心思琢磨摆盘背后有没有别的意思，只顾着和他大吐苦水——我向每一个人散发负能量，这持续有一段时间了，他只能跟我说一些心灵鸡汤。在过于聪明的中国人眼里一切都是心灵鸡汤。又或者，我在思考，心灵鸡汤和伟大哲理的真正区别在哪里？我最后认识到这位目前自由职业的两个孩子的父亲的的确确是自由、无用且不感到一丝焦虑的。不过在当时，这顿晚餐并没有解决我的问题。

南极同样没有。

我们中午12点起跑。我很快发现想要按照前一天热身跑时估摸的配速是不可能的，我的速度不断降低。在到达第一个补给点前每个人的差距已被明显拉开了。难度越高，标准差越大，离散程度越大。我们离散得十分透彻。近乎失踪。补给点提供的东西相当丰富，饼干、巧克力、各种坚果，热水和可乐。组委会甚至在雪地里搭建了简易的厕所。第一个补给点大约是6公里处，我们的三层衣服已经被汗水浸透，我也得不断调整雪镜试图让雾气散去。路上风景奇异，远离营地之后，景象更为空阔浩渺，像是在外太空的异星球。若有上帝俯视，这画面一定相当可笑，在巨大的宇宙背景下，一列渺小的人类哼哧哼哧地跑着，做徒劳无力的无用功。穿越强风段时，气温果然骤降，汗水冷却，回收体温。-40℃的风不讲道理地刺向周身每一寸的缝隙，只能逼得人加紧通过。这之后，体力与心气都开始崩塌。雪地坎坷，脚步变得更加迟滞。前半程好不容易结束，我回到营地，感觉已经耗尽力气，加之衣服湿透实在难受，我跑回帐篷换了身内层衣服，出来的时候，恰好看见盖瑞冲刺终点的那一刻。理查德、摄影师等人上前同他拥抱。他异常淡定，神情木讷，既不喜悦也没体现出任何疲惫。重点是，他仍然是跑着冲刺的。我看了眼手表，3小时17分。

眼下还不是感悟的时刻，我再度离开营地。

"准备好了？"

"嗯。"补给站的人点点头，把我的姓名在本子上勾掉，证明我离开了。我回到跑道上，继续完成比赛的后半程。

我知道后半程更加艰难，脚步变得无与伦比地沉重，但此时你除了完成这个42公里的挑战，没法停下来。也许我就是因为半途而废、始乱终弃了许多事情，才试图用这样一种自我折磨的办法把自己逼到一条不得撤退、没法掉头、也不可能停在原地的窄路上。在这条路上，不管多痛苦，你都得跑完它。

从南极回来之后再次开始跑步已经是我在复活节岛的最后一天。复活节岛也有马拉松比赛这件事让我非常惊奇，我不知道在这个岛上要怎么设计出一条路线才能让人跑完42公里。如你所知，它实在是太小了。最后一天我沿着另一条不会出现在任何观光团里的路线跑到了海岸边，然后又跑回来。三个月后在日本名古屋，我还有一场比赛要跑，不得不保持一定的练习。每当此时我都会咬牙切齿、真真切切感到后悔，在那一刻到底是怎么鬼使神差决定要报名？这些提前许久报下的比赛，不均质地分布在我未来的时间线上，成了一个个不得不拔掉的刺点，在点与点之间，我只能等待，以及练习。

"你知道，既来之，则安之。"在我抱怨岛上的网络状况后，巴勃罗安慰我。

"可是我太焦虑了。"我说。

"哦？为什么？"

"因为我想工作。"

巴勃罗盯着我看了一会儿，然后说："好吧，你愿意来后院聊聊么？我饿了想吃点东西。"

于是我们穿过厨房，他给自己弄了点儿吃的，我们在后院坐下来。巴勃罗打开他的笔记本，问我："嘿，你知道'忘'为什么写成这样吗？"

"不知道。"我说。

"上面一个'亡'表示死亡，这表示你心里有东西死亡了，所以就是忘记的'忘'。"他说。

直到这时我开始真正惊异于巴勃罗的中文造诣了：我在这个距离最近的大陆也有3700公里的太平洋孤岛上，居然认识了一个通晓中国文字的智利人！而且，他在教我说文解字。

"那么你知道'息'为什么写成这样吗？"他又问。

"不知道。"我开始期待他会怎么说了。

"因为'自'像一个鼻子，人们说到自己时总会指着自己的鼻子，所以'自'表示自己，你的心脏跳动，鼻子出气，所以是'息'。"他说。

"太邪门了！"我跳了起来，"你是从哪儿学到这些的？"

"我在日本待过两年。借宿的人家男主人是个老师，我是跟他学的。"他解释道。

我这才知道巴勃罗知晓的中文字实际是日本汉字。他并不通晓中文。不过这也足够我惊诧好一会儿了。除了日语之外，他还会意大利语。不过他没有去过意大利。

"我觉得你应该离开复活节岛。"我说。

"我的确在考虑去个新的地方。"他介绍了一个网站给我，Workaway，我这才知道世界上还有这样一个网站：你可以提供工作给世界各地的人，也可以在上面找到世界各地的工作，它们多是农场或是家庭经营的旅社这样的小型私营业，招募的多是帮工，提供食宿，或支付一定的酬劳。

"哇，这真是太棒了。"虽则这么感叹，我想我却万万不会应聘这些工作的，即便维特根斯坦教导我应该去劳动，而非整日沉思和游荡。

"我在考虑下一站去塔希提。"巴勃罗说。

"又是一个岛。"我说。

"嗯，又是一个岛。"

"所以你究竟遇到什么困难了呢？"他终于开口问道。

我看着他，叹了口气。要说明这问题多么困难啊。我简要介绍了一下自己的状况和工作，"你瞧，我有这样那样的想法，不过首先我得先写好小说。"

"那很好啊,你已经有目标了,还有什么可焦虑的呢?"他说。

我无言以对。他说的很对。我们感慨了彼此的生活,但都明白对方的生活于自己并不构成真正的吸引。最后只能祝彼此好运。

于是我站起身来,"我想趁最后几个小时去外面转转。"

我踱步到了岛上主干道的海岸边。这里经营着几家潜水和冲浪俱乐部,潜水者和冲浪者在阳光下交谈,我在海岸边坐下。航班是晚上十二点的,现在是六点,我还有好几个小时可以发呆。复活节岛的日落相当晚,大约要到八点以后。我吹着海风,远处海面缓慢起伏,波光平和,久未涌现的语言突然降临在身上,每当这样的时刻发生,我都如同被神灵附身,脑中接连出现陌生的语句,犹如密钥。在我的一生之中,只有这些不属于自己的时刻,才让我感觉真正活着。

比赛的后半程相当困难。一开始我还试图跑跑走走,过了第一处补给站就只能开始走。这时已经很难遇见其他选手了。随着运动活力的下降，散发的热量也开始减少，我开始体验到寒冷的力量了。这驱使你不得不继续前进，必须赶在身体失温前到达终点。到了最后5公里，前后已经看不见任何人，目之所及只是极境，生命在此沉寂。我路过了最后一个补给站，上了趟厕所，没敢进行补给，只是和补给站的人打了个招呼，开始最后一段路程。我觉得我快冻僵了。恐惧丝丝游走，万一我跑不到终点会怎么样？会不会我已经开始失温了？我感觉自己的手已失去知觉。失去一只手和失去生命相比，哪个更加幸运？此时我早已不再忧虑成绩和排名，只想何时才能看见终点。活着看见。我的大脑和躯体也已经麻木，只是在机械地维持行走的状态。

走着走着，我突然抬头。我看见一个巨大的星球在离我非常近的地方。那是，我张大了嘴，太阳。那绝对是太阳。只能是太阳。那是一轮怎样的太阳啊。它一动未动却不由分说地辐射着、展现着自己的强大。我头回真正明白了，那是万物之源。我们皆来自、受惠、也臣服于它的力量。太阳正照耀着整片冰雪覆盖的大地，天空呈现出一种异常纯净的蓝，我感到自己并非存在于地球上，而是存在于宇宙之中。在这从未目睹过的异象下，我不受控制地开始分泌泪水。既非感动，也不是难过，只能是臣服。接近于圆寂。我心想，人类何等不值一提。我又想，在如此不值一提的生命里，应该做那些稍微值得一提的事情。这就是太阳想要告诉我的事。太阳并未赐予我们什么，它只是存在。以其存在予以感召。

但眼下，坐在海边，我并未回想起这一幕人生所见最壮观的太阳，也未想起穿过终点线后理查德和已经达线的其他中国选手给我的拥抱（他们一直在等着我）。赛事后我鼓起勇气去和盖瑞搭讪："你是怎么做到这么厉害的？"

"我16岁开始跑步，现在我37岁。"他的回答简短有力。我已经知道他的职业是一位幼师，也发现他远没有我想的那么高冷，只是不善言谈，实际上，他身上那种老实人的气质要多过杀手的气场。

"那你16岁就知道你要把跑步作为使命了吗？"我又问。

"不。我到现在也没有把跑步作为使命。这个词让我有些羞愧。"他不好意思地说,"我只是觉得我应该跑下去。"

"那么,在你知道这点之前,在做什么?"

"等待。总有一天你会知道你应该做什么的。在此之前你只能等待。有点耐心。"他说。

——不,我想起的也不是这个。

我想起的是,在南极,我们四个中国人挤在一张帐篷里,把那张小桌子移到中间来,一张床坐俩人,面对着面,穿着厚实而笨重的外套、裤子和靴子,看起来像四个野人。这四个野人在心经的背景音乐下热火朝天地打着掼蛋,丝毫不理会帐篷外的极地奇景,也浑不在意这Remix版的心经是有多破坏氛围。

"能不能把那玩意儿关了!太影响打牌了。"其中一个野人怒吼。

想到这一幕我自顾自地哈哈大笑起来。眼下,要等到夕阳还得花很久时间。是的,关于南极我一个字也不打算讲。

本文首发于《山花》2019年第1期。

书与蛮：东京两记

朱婧

南京市第二期"青春文学人才计划"签约作家。毕业于南京大学文学院，现任教于南京师范大学文学院。2019年出版小说集《譬若檐滴》，获第七届紫金山文学奖。

东京书店记1：茑屋书店，旅行中的多种可能

在东京，书店为不能错过的所在，2016年，《Monocle》杂志将东京选作全球最宜居的25个城市之首，据统计，东京拥有1300家独立书店，远超其他上榜城市。吉井忍的《东京本屋》、和气正幸的《好想去的130间东京街角书店》都是近两年关于东京书店值得关注的书。

对旅行者来说，在东京的停留时间有限，要求完全的书店之旅，恐是难事。因此，若将书店的探访与旅行目的关联，也可以有所选择。以著名的茑屋书店为例，它的几间分店，可以满足不同的旅行目的书店探访。

银座的茑屋书店开设在购物中心Ginza Six楼上，处于银座商业中心区域，步行五分钟距离内既有传统百货商店如三越百货，亦有Dover Street Market这样同时具有艺术性和商业性的品牌集合店。银座茑屋书店上下两层，艺术类的书籍非常丰富，亦有著名藏品如奈良美智的作品展览。

代官山的茑屋书店为一个文化生活片区，有三栋茑屋书店的本楼，可以相互穿走，出售书籍杂志和音像制品，内设星巴克、餐厅和便利店。后片楼群有孩童用品店、宠物用品店、相机专营店，均为独立楼栋。初春时日，我在宠物店门口，看到鹦鹉在樱花树上啄食花瓣，晴空微风，花瓣飘落，形态可喜。那一时刻的感受就是代官山茑屋书店给人的感受，创造的是理想生活的情味。店内布置也以生活场景设置，植物相关的书旁边放置干花精油，家居生活相关的书旁放置杂货。天气晴好时，星巴克会在室外设咖啡车，众人在车前排队购买，随意散坐。代官山一带并非典型的购物区，但是设计师品牌店亦林立，如maison kitsune、APC、MHL等，多是独立建筑，设计别致。行走处是典型的日式街道，常会路过居民精心照顾的花园。如此既可感受当地生活又可购物且同时观游书店，代官山是一选。

从代官山茑屋书店沿着缓坡下行，步行大约十分钟会到达在樱花季最著名的目黑川。沿目黑川步行五分钟至中目黑地铁站旁，是茑屋书店的中目黑店，地处著名的高架下项目，以轰鸣而过的地铁与川流的车流为背景，是城市绿洲一般的所在。因占地有限，书店设计成两个书室相连，书架中间过道如图书馆一般放置阅读长桌，落地窗旁是长长的一排工作台，虽寸土寸金亦在角落留有可以休憩的私人空间。即使购物或消闲至深夜，只要沿地铁线路到达中目黑站下来，亦可享受和感受这一段阅读时光。

二子玉川的茑屋书店更将对生活方式的关注体贴入微，此处命名为茑屋家电，店里仍以书籍类型分区，同时相关区域有电子设备、厨电、生活类家电在售，将理想的生活呈现眼前。店内甚至有理发店、美甲店、植栽店和一家装备齐全的自行车店，让生活场景更具体生动，而这一切在二子玉川的背景下别有意味。从这里沿着空中走廊步行十分钟就可到达二子玉川公园，有开阔的绿地，孩童的游乐园，可以坐在台阶上看着漫长的多摩川或者沿着河岸散步。此间的茑屋，在一个可以完全放松的地方，造了一间书店和生活相依与共的甜美空间，是无目的地闲走甚至疗愈之选。

近来的书店流行文化里，常提及"可以居住的书店"，以Book and Bed为著，在池袋和新宿皆有分店，而茑屋也没有错过，在新宿开设了24小时营业的Tsutaya Book Apartment，可实现或睡或躺的无赖式看书，也可大胆作为旅行中的过夜之选。

对旅人来说，旅行中所遇的书店，达成探访之外的意义何在呢？我始终记得，在东京走进一间书店时，看到熟悉的内容以另一种文字和样貌在世界上的这个角落存在，内心所有的那种会心与安心。它让我对我内心喜爱的有所确认，亦紧密了我和世界连接的方式，走得更远，有时是为了看到他人，有时是为了更清晰看到自己。

东京书店2：独立书店，街角的流动火焰

独立书店或曰街角书店，在一些关于东京书店的书籍中被仔细罗列，也因由媒体的宣传有成为新一代网红地标的可能，如银座的一周只卖一本书的森冈书店，如松浦弥太郎的以个人趣味追慕前代文化的Cow Books等。但是仔细想想，也有使人伤感处。东京固然以书店的数量之巨著称，书店的生存之难也是事实，尤其是小型书店，那些数字会不断减少，那些书和网络里的记录可能会成为缅怀这些书店的最后遗址。

三月底四月初，目黑川的樱花正盛，川边街道到处是涌动的人流，随处可见的玻璃长杯中绯粉色气泡酒辉映着一期一会的欢喜。我走过坂元裕二的《最完美的离婚》里光生和结夏回家走过的绿桥，走到Cow Books门口坐下，看着樱花，看着人。进出书店的人寥寥，至多在门前照相。

两周前我第一次来到这个书店，看到完整收集的向田邦子的中古书时，内心那种被确认的欢喜犹在。在这里，我购买了集英社1980年出版的熊井明子的《猫的文学散步》，隔了两周后，我在代官山茑屋书店看到Cat

First的主题展,诸多猫主题的书籍被陈列在昂贵的猫爬架上。既赞叹茑屋书店的营销方案之别致,karimouku cat显然找了理想的合作伙伴,也想起了在Cow Books的遇见。

独立书店具有经营者自己的精神和趣味,精神会延续,趣味会聚起族类。在松浦弥太郎的书店里,最重要位置的书架陈列的是店主松浦的全部作品,同一位置并重陈列的还有不为人知的串田孙一的作品,包括博物志、诗集在内的出版于20世纪50年代的书籍。这个位置是致敬也可能是纪念,它的意味只有松浦自己知道。就像坂元裕二和向田邦子之于我,想像他们一般去观察近在咫尺却易被遗忘的生活,以文字的方式与它共存也是我的念想。

所谓的独立书店出售的是什么呢?我觉得是想法,一个不死的念头才是独立书店的生存之本。也许事实的书店会消亡,而这些念想会延续,会成为另一个人头脑里的火焰,然后新的一间书店会诞生,这就是独立书店生生不息的原因。

网络上常谈起的天狼院书店,以"体验学习"著称。书店主职业作家三浦崇野，有着清晰笃定的经营理念。他认为书店应该建立信息和读者之间更密切的通道，书是载体，书店亦是。他通过组织活动促进这种联系。他出售摄影书，也请摄影师在书店教授摄影技巧，他出售文学书，开设写作营，甚至支持自己的店长写博文、写小说去成为职业作家。这间书店在缓慢成长，浏览其官网可以看到已经开设第五间分店。

有些念想可能更小，海鸥书店的存在是因为现在的经营者柳下恭平看到书店面临休业，不能接受神乐坂没有书店才接手经营。这是什么理由呢？神乐坂是前代花街，这里住过田中角荣的艺伎情人。但是，这里步行距离也能走到夏目漱石、小泉八云、泉镜花的旧居，这里还存在着另一个属于文学地图的神乐坂。存活下来的海鸥书店，保持典型的独立书店的生存方式，以主题策划更迭推荐新书，布置小型艺术展并出售相关周边，最里面是漫画书屋，墙面亦留有漫画好手的涂鸦并标注日期，未知其中某一位会否有一天也有漫画书在这里出售。

从涩谷步行去SPBS的一路有种不真实感，我穿越了人流最密集的涩谷站，从商铺林立的喧嚣街头，走到安静的代代木公园，经过NHK，走到附近的僻静街道，推开书店的门，经过主题书区、艺术展区、杂货区，可见以透明玻璃隔断的开放式的编辑室，他们在这里制作极受欢迎的专题刊物。离开SPBS步行十分钟，走到小田急线代代木上原站的高架下，穿过幽暗的满是涂鸦的地下通道，就来到专营摄影书籍的So Books。店内没有客人，老板在拆箱新到的书，我购入了筱山纪信的《作家的仕事场》。这一路走来，去往几个书店，场景的更迭，是盼望遭遇新知，也是和自己重逢。

在中目黑的Dessin书店，踩着陡峭的楼梯走上二楼，四周雪白墙壁，陈列简净的玻璃纽扣装置，脆弱且优美，一如这些散落在东京的书店星空中的独立书店。

东京书店3：传统书店，蹭书史也是成长史

谈及东京的书店，媒体关注最多的是主推生活方式提案，综合咖啡杂货一体的新型贩卖形式的书店，或各具特色主营方式明确的独立书店，传统的书店已经很少为媒体所谈论，谈及茑屋书店的多矣，但少有谈到一些重要的名字，如纪伊国屋、有邻堂、三省堂。老牌的书店如纪伊国屋书店其实仍在各大主要商圈招牌醒目，以一种庄重示人。大型传统书店之外的亦有小型传统书店，朴素外观，多是传承经营，服务周边。

吉井忍的《东京本屋》称，日本人对书店有两种称呼，"书店（shoten）"和"本屋（honya）"。前者书面，后者则偏口语。我想传统书店多被称为本屋，是因为他们是读者阅读前史里存在的对象，是幼年时去过的地方，称呼亦会延续。

林文月写过一篇散文《记忆中的一爿书店》，忆童稚时生活在上海，常常在家附近的北四川路的一家书店蹭书看，一日被雨淋湿，被店主照顾的旧事。有乐于考据者称这间书店可能就是以与鲁迅的交友而知名的内山夫妇所开的内山书店，这是旁话。可林的文章里说，"在我幼小好奇的那段日子里，如果那书店里的母子不允许我白看他们的书，甚至把我撵出店外，我可能会对书的兴趣大减，甚至不喜欢书和书店也未可知。"

其实我们多数有类似的经历，那些蹭书史也是成长史。我的回忆至少追溯到大学时期，虽然已有图书馆可以利用，我还是常常会在湖南路的新华书店看书，尤其暑假，很多人沿过道默默坐成一排，经营者或读者都习以为常。再早前囊中羞涩的少年时，站在书店看书站得脚酸，轮流换着单脚站也不愿意离开，再用有限的零花钱带走最中意的书。

这些传统的书店多位于交通便利的繁华地带，有的独立楼栋，有的设在商场的较高楼层，是很容易路过的，似乎在你随时起念时给你一个空间和机会亲近书籍。新型书店或者独立书店如果面向的是有目的的探访者，这些传统书店，更像一个应允，是任何人随时可以去打开另一个世界的地方。在池袋的东武商场，七楼的旭屋书店和儿童区通联，与著名文具店伊东屋及星巴克相邻，我在那里看到拎着商场购物袋推着推车的主妇，看到来喝咖啡的上班族，买书和读书变成普通人生活中的日常。

传统书店其实往往面临更大的经营压力，以新宿的纪伊国屋书店为例，据2016年的统计，每日的退书量达到进书量的30%，传统书店给予人的充实感源于其门类的丰富整齐，能顾及不同需求的读者，更像可以购买图书的图书馆。但是这种对于种类占有的要求也势必带来更多的经营压力，不管是追逐畅销书还是出售实用类书籍都是平衡之道，这使其个性化被削弱。而保持独立性、较少文创商品的介入亦可维护读者对书籍的专注，帮助实现较为直接的阅读和购书目的。对于普通的读者来说，自有其必要性，

而这些大型传统书店的困境常常是被忽视的，因为其体量之大，读者把它视为诺亚方舟一般的存在，因此其覆没往往也更让人震惊，犹如定心石的被撼动。早前，东京新宿的老牌书店淳久堂关闭。经营的最后一个月，店员们发起了一个活动叫"说真的，其实我们想卖的是这些书！"，他们把自己喜欢的书放上架，把自己写的介绍贴在旁边。这一活动在网路上引起很大震动。这种小卡片叫作"POP"，是"point of purchase advertising"的缩写。是书店业会使用的形式，可以视作熟悉书籍的店员对读者的推荐。在最后的经营时刻，以推出真心喜爱的书作为告别，也是对书店使命的无憾终结。

那些蹭书史也是成长史，这些传统书店的存在是普

通读者面前闪亮的星,对于一代又一代成长起来的人的意味是无法被忽视的,那里会是他们看到第一本书的地方,喜欢上第一个作家的地方,会是他们产生第一个梦的地方。

东京书店4:古书店,购买的不仅是古书

首先要说的是二手书和中古书的区别,其实简单来说,是出版年份和版本有别。专业书籍和外文书籍的新书昂贵,对学生和一般的爱好者来说自然是不小的负担,二手书价格就要亲和很多,常常为原价的十分之一,所以反复利用成为一种传统,二手书店也多以高校为中心分布。著名的Book Off就是主营二手书籍的店铺,它在东京的边地多摩新城开设的巨大的二手市场几乎是消费世代流动性和残酷性的象征。二手书店自然给很多年轻读者提供了重要滋养,村上春树曾说他读的第一本英文书,美国作家Ross Macdonald的《The Name Is Archer》,就来自于二手书店,当时他住在港口城市神户,二手书店有很多外文书,因此读外文书籍颇为便利。

而中古书的界定，一般以出版年份久远，并存量稀少为标准。东京的中古书店颇具盛名，被讨论最多的是神保町旧书街，池谷伊佐夫曾著《神保町书虫》详解，甚至手绘内部布局图片。神保町旧书街的优势在于分类细致，如有百年历史专营映画书的矢口书店，专营中古杂志的Magnif，专营摄影书籍的小宫山书店。专营浮世绘的书店甚多且价格可亲。

神保町的许多书店已持续几代经营，十分专业。对专业学者而言中古书店是发现重要资料的地方，一份古旧资料的保存可以直观地呈现一种真实，或者解决一些困惑的问题。有经验的中古书店经营者会保存重要的读者名单，并定期寄去书目。20世纪40年代弘文堂书房出版的面向学者的汉语教材《小北京人》，其中《书林清话》一节就有关于收集古书的对话：

客：老先生这向得到了甚么好书。

主：有一部宋版的《欧阳文忠公集》，还不错。

客：可以给我看看么。

主：可以的。你等一等儿。

客：呵，字体疏朗，纸墨如新，真是宋版的绝品。

如此可见学者热爱收藏中古书是经久的事了。

而对于普通读者,中古书会有不同意味,NHK著名的纪实栏目"纪实72小时"曾经做过神保町书店街的专题。在他们的镜头里,有去中古书店买齐小时候买不起的全套漫画书的男性,有去买母亲年轻时候爱看的杂志送给她的女性,买的是中古书,亦是试图留下的时间和回忆。书店的店主也有的是为了守护前代店主的志愿而坚持。

神保町最为国人所知的书店莫过于内山书店,内山书店一楼往二楼的楼梯口仍悬挂有早代店主内山完造夫妇与鲁迅的照片,一楼有完整的鲁迅作品及海内外鲁迅研究文集的专区。二楼多为珍贵的旧书资料,其中也不乏周氏兄弟的相关研究,细致到族谱的考察,在国内也是罕有的。内山与鲁迅的交集已经是近一个世纪以前的事,而人与书,人与书店,继而人与人缔结的联系就如此,在东京的一个书店跨越时间留下痕迹。

国内近来的流行里,书店也有成为网红打卡地之嫌。经营模式来说,也习得了书店与餐饮,书店与周边产品共存的经营模式,以开展多种文化活动的形式拓展书店的功用边际。但是同时，既有苏州诚品之盛况，又有上海季风之凋零，种种业态共存。

有时你在书店选择一本书，不是因为它特别好，也有偶然，偶然之后会是什么是不得而知的。在日本书店有选书师的职业，专营书籍放置技巧，他们会将讲述家暴的书和职业培训的书放置一起，意味在于，受家暴之苦的女性也许会选择培养职业技能重获新生。同理，在书店内理发，买一棵植物，带一本书回去，会否带来某种人生的转机，这也是无从知道的。书店的经营者，可以有种种用心，而一切的发生，关乎的首先是走进书店，拿起一本书的那一个人。而书店的存在，就让这种遭遇成为一种可能。因为书店在那里，书在那里，它等待着你，去建立一种书和人的关系。书店守护的是这样一种空间和可能，我们如果守护书店，也是为了守护这些吧。

东京育儿记1　保育园与幼稚园

决定去东京访学时，我心中唯一明确的念想就是要带着蛮一同去，蛮是我的女儿，2013年底出生，个性明朗天真。

这样的决定也引发很多质疑和担忧,亲人忧心我语言不通且一人照顾应付不来,朋友说我大概会彻底沦入育儿生活,无法工作更无自我。蛮的爸爸也劝告我让蛮国内半年,日本半年,到底轻松一点。我未有动摇,更多想如何实现。去日本前,我在新宿区政府官网查询平成31年幼稚园的募集信息,并无太多有用。我到日本以后才知晓,他们的政府相关信息,几乎都以印刷品的形式公共投放或者邮寄给相关人士,较少倚赖网络。

我一月初先行来到东京安排各类事宜,我去新宿区役所二楼保育科咨询蛮入学事,被告知需要等到她也抵达日本,领取在留卡并注册信息后才可申请。先前,我已经在早大附近步行寻找到了最理想位置的保育园。工作人员在地图上确定我的住所位置,圈定了其他三所保育园同时申请,把我心目中的作为首选。其时,这四所保育园四月都没有空位,唯希望在二月到三月间有人退出,蛮才有希望获得入园资格。保育课的工作人员告诉我,一般的排队时间会在数月或者半年之久。他们问我在等待期间如何打算,我说我先行申请幼稚园,同时等待保育园的空位。

日本的学前育儿体系，公立保育园和幼稚园是主流，也有其他有政府资格认证的私立保育园幼稚园满足各种所需。简单来说，差别在于，保育园服务上班族父母，保育时间较长，通常同上班族的通勤时间是朝九晚五，收入孩童年龄区间较大，甚至几个月的孩子也可以收入。会提供午餐和零食，有政府资金补助，收费低廉，主要的功能是替无暇分身的家长照顾幼儿。私立的保育园甚至提供24小时保育服务，和随时收入的临时保育服务。幼稚园是日本学前儿童入学的主流，一般朝九午二，适于全职妈妈家庭。同学和家长之间的联系更为密切，常组织各种亲子活动，以PTA为中心联合社会资源服务学生。学校的教学活动也相当丰富，蛮在幼稚园其间，每周有两次以上的园外活动，每日都带回手工作品。幼稚园也提供一定的延时保育，需要利用的孩子放学后集中到延时保育教室，四点半由家长接走。无论保育园的申请，还是幼稚园的延时保育，都需要家长出具工作时间证明，以证所需。

在我住处附近的幼稚园有两所，其中鹤卷幼稚园提供延时保育。我去到役所旁边的教育司的楼层，拿好了幼稚园的申请表。一周后，我回国接蛮到东京，去役所保育课进行了保育园的正式申请，又携蛮去往鹤卷幼稚园申请入读。第一次去，在校门口经由呼叫器沟通，对方不通英文，而我只能用简单的日语对话，彼此无法达意。老师到门前告知，总务老师中午才能到校，让我其时再去洽谈。彼时东京正值漫长的寒流回潮，站在校门前的通道，清冽的冬日寒风呼呼吹过，裹紧外套亦感到深彻的冷，牵着幼儿的手，心内慌慌也恍恍。中午再次去往幼稚园，却意外地顺利。因为语言不通，我和总务山下老师全程用翻译器沟通，她耐心地贴着手机一句一句缓慢说话。她把各种申请表格需要填写处用铅笔圈好一一说明，帮我电话预约好了入学体检诊所，画好地图指示我如何到达。她给我入园物品清单，一本蓝色的册子，从物品类别到大小尺寸都有详细要求；怕我不明，她拿其他孩子的入园物品一一作了实物的阐释。前后花了一个多小时，表达清楚了种种需求。最后，她问我，"你希望孩子什么时候入园？"我很惊讶，因为役所告知我一般发出申请的下个月才可以正式入园，我小心地问她，"明日可以吗？"她说，"明日可以。"她拿了鹤卷的园服，浅绿色圆檐帽子和背心短裤，藏青的格子背包给我，说，"请明天送あんゆえ酱过来吧。"我一再鞠躬道谢，内心的感激释然无法言语。彼时，我和蛮都在日本流感的侵袭下刚刚痊愈，身心疲倦渴望一种安定日常的落定。那段时日，她数日高热，我抱她奔走医院，她持续昏睡唯小嘴微翕，除夕夜略微好转，给她递送一颗草莓看着她能吃下去。病初愈，我们第一次外出走到住所近旁的穴八幡宫，蛮喜欢爬上长长楼梯到达宫院，在清亮的阳光下缓缓走着。晴蓝天空下橙红鸟居和黑金建筑有与人世无涉的疏离之美，身心虚弱反而容易连接万感，蛰伏的春的气息和生的气息催动人心。

山下是典型的日本女性的形貌，身量不高，体态拘谨，清瘦的面孔有谦和笑容，她送我们到校门，一再躬身道别直到我们离开视线。

2月12日，我的蛮入学了鹤卷幼稚园。

东京育儿记2　入学之初

蛮初入鹤卷幼稚园前，我对着入学准备蓝色小册

龙门的哭泣　65

子束手无策，尽管之前总务山下老师已经一再仔细说明，事实上，面对全是日文和尺寸标示的入园物品清单，我还是无从下手。近些年，日本的去汉字化倾向很明显，已经习惯全面用片假名作各种标识（即通过发音来标注）。原来用来标注英语的外来词发音的片假名有全面替用的倾向，这是一种偷懒的方式，也是日本人并不爱好学习或使用英语的原因。至于汉字的使用，并非我们想象中，充斥着大量汉字的环境会生活便利，事实上，越靠近现代生活的场所，如商场、超市，越难仅凭汉字判断。举例来说，你在超市买一瓶色拉油，瓶身不会有英文标识，也不会有中文标识，而是用片假名拼出"salad"的读音来标识。入学准备册上，充斥着"なまえ"这个词，其实就是英文"name"的片假名拼法，就是所有物品上要写上孩子名字的意思。再如毛巾用"タオル"（英文towel的片假名拼读）来表示等等，所以不通日文的我每每要两层转换才能清楚内容。在友人的指点下，我带着册子，去木场伊藤洋华堂的子供（儿童）柜台，买齐了大部分入学物品。包括替换的内衣裤和袜子、衣服袋，室内鞋、鞋袋，饮水杯、水杯袋，便当盒、餐具、便当袋、餐巾、擦手巾，零食盒、上学的大小随身提袋等等。

入学幼稚园的最大困惑，并非每天的放学时间较早，而是做便当这件事。幼稚园每日的午饭需要带便当过去，虽然有各种市售便当，可是为了新鲜，我还是每日早晨做便当。尽管十年主妇生活，做饭对我来说并非难事，但是准备规定尺寸饭盒可以装下的，可以冷食，定型、并且不难吃的便当，且每日变化，对我来说也非易事。我通常做饭团、炒饭，意面这些可以冷食并方便携带的食物，变不出太多花样。我在日本的社交网站ameba关注日本妈妈的每日便当做法，但对食材和用料不熟悉，宿舍的烹饪条件有限很难实现，眼见她每日带回来的饭盒，从吃得干干净净到越剩越多。我尝试和幼稚园沟通可否用保温容器带热汤热饭去学校，被告知并不合规矩。日本的孩童冷食是常规习惯，幼稚园的所供饮水也是冰茶。蛮的肠胃并不适应，回来偶尔会有呕吐的情况。彼时很关心三月初的保育园申请结果，其最重要的原因不过是保育园中午会提供配送的热食午餐。

但除此以外，蛮的幼稚园生活，从刚开始就是顺利而愉快的。

当时为了居住舒服,我申请的住处是离鹤卷幼儿园两站路距离的早大奉仕园,因为那里有大的套间,但每日上学路途至少要花费20分钟,我每日7点起来做便当,做早饭,8点喊她起床,吃饭准备,乘巴士去校。

蛮每日最大乐趣,就是乘学02巴士在早大正门站下车和两位车站工作的爷爷大声说"おはよ"(早上好),并用力击掌互相鼓励一天的开始。因为日本的学童多数就近入学,家离学校的距离多为五到十分钟步行或车程。所以一路上经常会碰到同学,互相招呼或一同走去学校,她个性十分开朗,虽然语言不通,她并未孤单过,遇到相识的孩子拉起手就能一起走,放学时一同玩得开心,告别时也不痴缠。她的班主任艾米丽老师是那种西洋化的日本人长相,是日本人相貌的另一种典型,深轮廓,高鼻梁,大眼睛,黄色的卷发,性情格外活泼,每日放学,她会送蛮到校门口,当我们走远的时候,会跳跃起来和蛮再见,总是精力满满的样子。她总随身带着一个小相机,每天放学我去接蛮的时候,会给我看相机里的蛮当日在幼稚园的照片,这些,在离别时，她也做成了厚厚的一本成长册送给我。

蛮从第一天入学，就上了整天。我并不敢远离，在学校路口的咖啡馆坐着，书全看不进去。心里想起的是，2017年春天，我送她第一次去南师托儿所上学，我也是在近旁200米的华夏图书馆等着她，书摊在桌上，看不进一个字。我知道这是和她分别的开始，这是她独立的开始，我也希望她凭自己的能力和心愿开始自己的生活，她其实总是出乎我想象地勇敢、大胆，渴望并接受着新鲜的世界。即使在这个语言不通的陌生的国度和学校，她有我未曾知道的力量。

东京育儿记3　大象滑梯与跷跷板

在东京，无有亲人，无有特别亲近的友人在身边，蛮校园之外的生活，很容易堕入电脑游戏和电视的循环。我从国内带了不少绘本过来，也带了不少DVD碟片过来，尽管有半数因为版权不能播映。眼见她除了上学，日日在《小猪佩奇》《超级飞侠》和迪斯尼公主的陪伴下度日，纵然再习惯宅居生活的我，也意识到，该带她走出去。

在东京，其实可以利用的儿童活动场所不可谓不多，每周幼稚园也会发放近期新宿区各种儿童活动的宣传页。后来我也逐渐了解更多，比如东京巨蛋附近的アソボーノ游乐场，住处附近有超多超新绘本的鹤卷图书馆，还有新宿区的榎町子ども家庭センター（儿童活动中心）。但最早我和蛮的尝试，是走出去，走到附近。这种尝试，也渐渐打开我们的生活，以一种未曾料想的方式。

早大靠近著名的花街神乐坂，现在已经成为保持昭和风情的一条街道，神乐坂地铁2号出口出来，走过典型的小小日式街道，会到达Akagi儿童乐园，其实不过是一个古老的儿童游乐区，在居民区的小小空地，几乎很难发现。初到觉得很平常，有几个可以骑上去的动物座椅，一个封闭的沙池，唯惊艳的是大象滑梯，大象形态的水泥滑梯，分成两段，从右边台阶走上去，滑下来，并不复杂，其实也单调。但是，楼宇间隔的蓝天之下，线条生动质朴的造型，台阶旁是春日盛开的山茶，此间像是连接着另一个时空，纯真优美。孩子的心性最容易被简单的事物吸引，蛮自从第一次去以后，就念念不忘。此间也打开另一种快乐，我们第一次在彼处玩，突然听到有人在喊"あんゆえ酱"，我一开始并没有在意，那呼喊近了，有孩子跑到蛮的面前，原来是蛮的同班同学あいな（爱奈）酱。她和她的妹妹、妈妈也来这里玩，三个孩子玩了一个上午，道别之后，又在附近的儿童餐厅再次遇见，抱成一团。

我们在奉仕园的住所旁有一个小小的咖啡图书馆，只需要点一杯咖啡，可以随意看书，有很多的绘本。蛮最早被放在店外的公主绘本吸引，是美女和野兽的故事。店内的英文绘本不多，她要求我读日文绘本，我每每凭有限的日语单词和图片编造，十分狼狈。老板是难得的英文不错的日本人，每每同我们聊天，也会送蛮她喜欢的绘本。每天放学，我会领她在此处看书，然后去附近的生鲜超市买菜，牵手回家做饭。一日在超市，一个五六岁的男孩飞一般跑过来抱住她，又飞一般拖着她的手跑走，我跟过去，看到那个男孩牵着蛮站在一个圆脸白肤、戴着圆眼镜的年轻女性面前，原来是她的同学李桑和他的妈妈。转眼蛮手里已经塞了一堆吃的，两个孩子边吃边跟随我们走到收银台，我和他们告别，先行离店，和蛮牵手走在回家路上，他们走在路的另一边，很快两个孩子发现了彼此，隔着并不宽阔的马路，彼此大声呼喊对方，情形可爱也可笑。

后来的时间，李桑也是蛮在鹤卷最好的朋友，去铁道博物馆的出游日，他们手拉手奔跑出校门，在校车上坐在一起，不知道在谈些什么笑得前仰后翻；下雨的天气，我去接蛮，李桑会一路跟在她身后给她打伞，两人同伞地走往巴士站，等红绿灯的时候，一起唱刚学会的日文歌，巴士上，他俩一定挨坐在一起。出游的照片，老师贴在学校的墙上，我在每一张蛮的照片上都能看到李桑。

在鹤卷，蛮同学的妈妈们集体送给我一个相册，里面是每个孩子的家庭合影，并且用罗马音仔细标注了每个孩子的名字。她们写邮件邀请蛮参加每一次校外的活动，就像她第一天走进鹤卷，就有孩子来牵她的手走进教室，以后的每一次，几乎都是如此。她天性明朗，她敢于参与，也因此她总被接受，未知挫折。蛮申请保育园成功后，要离开鹤卷。我把这些照片都仔细收好，是因为我比她更不想她忘记。

四月的樱花季，蛮的爸爸、蛮和我三人去京都观樱。京都的街道布局方正，三条四条街巷里存留着自平安京千百年来的世情生活的细节。中京区寸土寸金里，亦几步一处小小的素朴的儿童游乐区，像极了我们在神乐坂的大象滑梯的所在。简单的水泥滑梯、秋千。总有孩子开心玩耍其间。也是在四条的巷间的儿童乐园，蛮第一次玩跷跷板。她觉得无比新奇，撅着胖乎乎的屁股小心爬到跷跷板的中心，四月京都最和煦的天气，风吹过极其温柔又极其眷恋，蛮的爸爸和蛮在跷跷板的两边上下，几乎是最好的时光。其实，那么平常也那么简单。只是我彼时并不知道，只是这些也需要生命极大的眷顾才能实现。

东京育儿记4 爸爸的花儿落了

因为申请到保育园的位置，我向幼稚园递交了正式的离园申请。3月18日，小蛮参加了大班孩子的毕业式，那天我送她到学校晚了，来到学校时，学校里全是深色正装的大班孩子家长，老师们亦同，连一贯性情活泼的艾米丽老师都穿着深色西服套装。家长和孩子，在毕业纪念牌前逐一留影，门廊放满了祝贺毕业的鲜花。是日，蛮回到家告诉我，参加毕业式的时候，大家唱的歌她听过。我知道的，她说的是电影《再见了我们的幼稚园》里唱的那首歌。郑重的仪式也是强调告别的意义，尽管对于孩子会是懵懂的经验。

3月20日是蛮正式离园的日期，早晨，我如常7点多起床做便当，整理上学物品，把给老师和同学们准备的告别礼整理好放入袋子，给老师准备的是山田诗子茶店的白桃乌龙茶，给同学们准备的是无印良品旗下IDEE SHOP出售的亚麻手帕，撞色镶边，边角织小小的动物图案。8点10分喊她起床，给她穿衣吃饭，一起牵手出门。此时早大正门附近道边早樱已经开好，去往鹤卷幼稚园的早大通り亦是春花烂漫，别致的动物铜像道边，从住处到学校短短五分钟的路程，蛮也常常停留嬉闹，我们走得总要久一点。

送完蛮，我乘地铁到中目黑的City Bakery买完面包，正准备转车到涉谷探访新的书店，突然接到电子邮件，是蛮的同学的妈妈NANA写来，邀请我放学后，参加江户川公园的亲子野餐观樱。我随即折返，回到住处整理好野餐垫和零食,去学校接蛮。彼时刚刚12点半,因为下午有活动,孩子们大多被接走了,学校格外安静,蛮正和同学在走廊玩耍,看到我时惊讶又开心。拿好物品,和老师们告别,她还不懂得这次告别和每次放学的再见有什么不同。

幼稚园的总务主任、她的班主任、她的保育老师,在门廊站成一排,和她说,"再见了,あんゆえ酱。"她只一如既往的淘气,浅绿色的圆檐帽子歪到脑袋后面,风一般冲到院子里的游戏架上攀爬,这是她每日放学必玩的,总是玩得恋恋又眷眷,被我一再催促,甚至抱走才舍得离开。艾米丽一直站在门口看她,同她说话,我一再对艾米丽鞠躬感谢,突然就眼泪止不住落下。时间退回一个多月前,带她走进这所学校的时候的忐忑。其实内心充满感激。深知若没有她们的帮助,我没有可能在语言不通的异国和蛮共守一份生活,并能去做一些自己想做的事情,努力靠近自己所想象的生活。

时间向前翻阅,2015年,蛮两岁,我刚刚从全身心专注的育儿中稍有脱解。一次蛮的爸爸开车载我回家的路上,我同他说,"我想去早大读书",我说起向田邦子也说起井上靖。彼时，我在家庭的庇护里生活良久，前半生的轨迹，是从学校到学校，从父母的家到和丈夫建立的家，空长的年岁，并谈不上和真实的世界直面。彼时，我觉得这个愿望离我很远，我找不到和它连接的方式，我无法离开家庭，它是我的前半生的唯一专注和梦想。

2017年始，走出家庭，恢复工作，见到许多以往全不知的景象，似乎才初学涉世，常常心怀忧惧。2018年准备去早大访学事，2019年初成行，这其间每有艰难时，蛮的爸爸总和我说："你觉得难，就回家。"可是，我若不想放弃，并非想有所成就，更多是不想再逃避。想凭一己之力，建设自己相信的生活。

四月初，樱花季。蛮的爸爸来东京，陪我们观樱。我们走过清晨的千鸟之渊，直走到《你的名字》立花和三叶错身而过的须贺神社，我们走过夜晚的目黑川，经历美得让人落泪的场景。在六本木的Midtown天桥看着蓝紫灯光映射下繁华街道旁的樱花，转身红白相间的东京塔撞入眼帘。我们乘新干线去京都，我们走过二年坂，我们走过哲学小道，走过蹴上铁道，闯入平野神社的夜间酒场,这是我们认识的第16年,婚姻的第10年,经历如巨兽吞噬灵魂般的动荡的人世波动,我们始终并未放弃过保护对方的心意。

这个春天,他所到之处都是樱花满开。只隔了一周,我再去目黑川,狂风疾雨已带走半数的樱花,破败凋零。后来,我们谈到这次观樱,我和他说,你是有福气的人。

4月15日晚上,蛮的爸爸倒在玄武湖边冰冷的路面,再未醒来。

爸爸的花儿落了。

本文连载首发于《扬子晚报》2019年4月、5月。

鼠患之年

向迅

南京市第三期"青春文学人才计划"签约作家。1984年生于中国鄂西,中国作协会员。已出版散文集《与父亲书》《谁还能衣锦还乡》《斯卡布罗集市》《寄居者笔记》等多部。曾获林语堂散文奖、丰子恺散文奖、孙犁散文奖、三毛散文奖、冰心儿童文学奖、中国土家族文学奖、金陵文学奖大奖及扬子江年度青年诗人奖等多种奖项。

一

雨下了七天七夜，仍没有停歇的迹象。如果有陌生人恰巧在这个时间来到村子里，你对他谎称，雨已经下了三个月甚至是三年之久，他肯定也会毫不怀疑。整个村子都被雨水浸泡着。屋檐下古老的橡木，不是长出了耳朵，就是抽出了新芽。就连被洪水冲出地表的石头，也显现出某种发酵的征兆。我们全身上下都已发霉，连骨头缝里都爬满了霉斑。我们每天昏昏欲睡，呵欠连天，无精打采，几乎忘记了时间的存在——即使是白昼，天色也晦暗得可怕，而夜晚则像是掉进了深渊——食欲也不好，吃什么东西都没有胃口，好似患上了可怕的厌食症。

一个上午，父亲满脸怒容地站在客厅里，一言不发。他褐色的手臂上爬满了青色的蚯蚓，脖子上爬满了蚯蚓，眼神里也爬满了蚯蚓。我们远远地惊恐万状地望着他，谁也不敢吭声。他在跟一个看不见的人生气。也有可能是在跟他自己生气。如果我们在此时招惹他，他一准把那股怒气发泄到我们头上。刚刚，闷气沉沉的房间骤然闪现一道炫目的闪电。那是挂在客厅中央的灯泡"嗞"的一声自己亮了起来。没有谁拉动灯绳。正是无数乱石从屋顶滚过，整栋房子都跟着震动摇晃之时，那颗25瓦的灯泡在一片骇人的电光石火中炸裂于地，钨丝急遽燃烧后的刺鼻味道，迅速在空气中弥漫开来。我们像几只受惊的小鹿，尖叫着从椅子上跳起来，逃离房间。父亲独自站在原地，消化着突如其来的恐惧。

我们都已受够了这样的日子，再也无法忍受，但又能怎样呢？好似永远也不会停歇下来的雨水，让村子里所有的道路都消失于未曾散去片刻的迷雾中，邻居们也已多日不见踪影。他们好像都漂移到了别的什么地方，连同他们的房子，看家的狗，打鸣的公鸡。公鸡脑子里祖传的那面时钟肯定已经生锈。

母亲开始诅咒没完没了的雨，诅咒那些肆无忌惮的、跟强盗没有什么两样的狂风。在那些个如同深陷于沼泽地带的日子，我们时常在昏昏欲睡的状态中，猛地被一声来历不明的霹雳惊醒。那个犹如象骨或山体断裂时发出的巨大声响，穿透了厚厚的墙壁和长满层层叠叠青苔的梦境，令人心颤不已。那不是田野里一棵泡桐粗壮的树枝被大风给劈断，就是一棵漆树被整个撂翻在地。给一些人留下噩梦般记忆的七命蜂，早已占卜到这一切。它们把葫芦形的巢穴筑在高不可攀的树顶。但我们不可能把房子建到树上去，更不可能把庄稼种到上面。

母亲惶惶不可终日。我们家的玉米地，迎风，而且容易积水。她担心正在吐须灌浆的玉米和玉米林里还未来得及挖的土豆。即使在半寐半醒的梦呓中，她依然惦记着它们。她对玉米和土豆的关心，远远超过了她对三个营养不良的孩子的关心。那是她忙碌了一个春天和一个夏天的成果。她不能忍受即将到手的粮食,被坏天气洗劫一空。待雨势稍小,她就急不可耐地和父亲到玉米地里去察看难以估量的灾情。他们各自戴一顶用麦秸编织的旧草帽,身披一张透明薄膜,手握一把刃口雪亮的镰刀,消失在雨雾中。几个小时之后,半身湿透的他们从玉米地里带回我们早已预见的坏消息:"玉米大量倒伏,土豆也烂掉了一大半。"他们疲惫的脸上飘过一阵阵愁云。好不容易遇见多日不见的邻居,他们最先谈起的,也总是前途未卜的玉米和土豆。他们都在为未来的日子发愁。

总得做一点什么。过了两日,天气刚刚好转,等不及雨水完全歇住脚,母亲和父亲就手持镰刀前往雨雾缠绕的森林,砍回一捆捆湿漉漉的山竹和灌木,然后将那些倒伏于地而根须没有完全断裂的玉米小心翼翼地扶起来,为它们拄上拐杖,祈祷奇迹的出现。这是一年之中最后的机会了。但总有一些可怜虫活不了了,只得将它们抱回家扔进畜栏。连日阴雨,味道苦涩的芭蕉树已经砍光,草料无处可寻,猪和牛都饿坏了肚子,忽见青翠欲滴的玉米梗和玉米叶,眼中泛出道道绿光。

瘟疫般的雨季终于结束。可怕的热浪重新扑来。知了暴雨般层层叠叠的叫声覆盖了村子。玉米地里野草疯长。母亲不得不顶着烈日拔草。已经被雨水泡烂的土豆，就埋在野草之下。黄豆细长的藤蔓缠绕着玉米梗。母亲粗糙如剪的双手得避开它们。挖完土豆，母亲趁热打铁，栽上红薯，一刻也不耽误。没有更多的时间可供耽误。母亲干这些活的时候，我们看不见她。她的身影，被高过头顶的玉米林吞没。直到暮色降临之时，她才从玉米地归来，一身的臭汗味。"先前干活的时候，一条长虫盘在草丛里一动不动，怎么赶也不走。大约是一条懒蛇。"吃晚饭时，她给我们讲述一些可怕的经历。属虎的母亲畏惧冷冰冰的蛇，我们都知道这个秘密。而那个时候，她似乎已经在梦游。她太疲惫了。

八月下旬，村子里的玉米地一片金黄。怀着某种侥幸心理的母亲，与父亲郑重地定下一个天气晴朗的日子，带领我们去掰玉米棒，一副兴师动众的样子。可无论我们如何仔细，我是说，我们时刻像长着四只眼睛和三个鼻子的猎狗一样保持着视觉的锐利和嗅觉的灵敏，不曾放过任何一株可能结着一个或半个乃至三分之一个玉米棒的玉米,最终运回家的玉米棒——虽然它们也在墙角堆成了一座小山——都让人兴奋不起来。注定了这是一个歉收之年。

九月间,村子里出现了几个面黄肌瘦的外乡人。肩上挂着一只底部簌簌作响的帆布口袋,手中拎着系有红绸的铙钹乐器。他们声称来自遥远的平原地区。他们挨家挨户表演空中抛刀的绝技。在人们的阵阵惊呼声中,一位中年妇女如同传说中的魔术师,把三把明晃晃的尖刀在手中来回抛着,竟没有一次失手。他们一边表演,一边用婉转低回的声腔诉说着他们的不幸遭遇——平原遭了水灾,粮食颗粒无收,不得已远走他乡卖艺行乞。母亲听了摇头叹息,从粮缸里舀出半升玉米,倒入其中一个人的口袋。他的口袋里簌簌作响。

十二月,赶在大雪封门之前,父亲想方设法买回几袋玉米。为了防潮,他把它们整整齐齐地码在客厅一角的两条长凳上,就像小心翼翼地码着一堆金条。

二

三月里的一个黄昏,堂伯母悄悄为我们挑来两筐土豆。她用两件旧衣裳覆盖着装土豆的筐子。她怕邻居瞧见在背后指指点点。那时,我们家储存土豆的那个房间已经变得空空荡荡,储存红薯的地窖也已变得空空荡荡。地窖入口挂满了白雾般的蛛网。母亲惆怅地说,这都是因为我们家的地太少,而嘴巴又太多了。她说的嘴巴,还包括了狗的嘴巴,猪的嘴巴,牛的嘴巴。后来,还包括了猫的嘴巴。

那些年,我们家的粮食总是不够吃。玉米不够吃,土豆不够吃,红薯也不够吃。只有西红柿和黄瓜吃不完。玉米地里随处可见西红柿碧绿的身影。炎热的夏季,拎一只小竹篮钻进湖水般摇曳而又密不透风的玉米地,出来的时候,手中就是满满一篮子殷红殷红的野西红柿,嘴角还淌着西红柿鲜红的汁液。种在红薯地里的黄瓜,一直可以吃到秋天。但它们到底只是餐桌上的点心。

某个夜晚,母亲和父亲在餐桌上做出了一个重要决定:花点时间把位于玉米地和森林之间的那三条长满了灌木丛和茅草的山丘开垦出来,种上土豆和红薯;把两块临近菜园、荒凉多年的土地也开垦出来,种上红豆。

同时决定在玉米地的背阴地带种上高粱——那年底，母亲为我们烹饪了一顿棕栗色的高粱粑粑，味道相当可口。我们家自这年起，开始了轰轰烈烈的垦荒运动。

村子里的人莫不如此，没有几户人家拥有富余的土地。常年在头顶缠着一条青色头巾的祖母，不仅在苹果树的阴影里种满了魔芋、紫叶苏、辣椒和茄子，而且把马路边狭窄的空地悉数开垦了出来，种上了四季豆、豌豆和扁豆。如果允许，她还想把整条铺满了石子的马路挖掉。根据人们恶意的揣测，她甚至还想把土豆种到云朵上去，种到梦里去。遗憾的是，谁也没有掌握那样的本领。

事情甚至脱离了原有的轨迹。一个上午，祖父在玉米地里劳动时，意外地发现那条古老的地界线向他们家的地里移动了三寸。他大吃一惊。起初，他不敢相信自己的眼睛。待把眼睛擦亮核实了三遍之后，他才确信那不是因为眼花，更不是白日梦，而是地界另外一边的玉米地的主人施行了挪移乾坤的魔法。祖父也会这样的魔法。他强压住内心熊熊燃烧的怒火，默念咒语将那条地界线挪回了原位。

村子里因地界问题引起的纠纷，层出不穷。邻村一个平日里沉默寡言的人喂养的一群雏鸡，没有经过任何允许，私自越过木槿花栅栏，跑到他兄弟家的玉米地里捉虫子吃，两兄弟为此大打出手。他兄弟在斗殴中失去了一只眼睛，而他被警察逮捕，蹲了好几年监狱。类似的事情也差点发生在父亲和他的兄弟身上。

雨季的一个清晨，也有可能是秋天的一个上午，父亲和叔叔为了一棵树的归属权，在众多邻居的围观之下进行搏斗。母亲闻讯从玉米地里赶来。她手里提着一个篮子，篮子里恰好装着两把刃口被磨得雪亮的镰刀。叔叔从母亲手中抢起一把镰刀，向父亲挥去；父亲为了自卫，抄起了另外一把……祖父和祖母也从玉米地里赶了回来。他们拉偏架，祖父要棒打父亲，祖母也用最恶毒的语言诅咒父亲。

母亲慌忙跑回家，用一把锁把我们锁在房间里。我们脸色苍白，浑身发抖，牙齿打战，声音被卡在喉管里。我们被一种不祥的预感牢牢缚住。

紧绷的空气，如暴风雨过境，终于松弛下来。那条湿漉漉的小径上，父亲带着一个失败者特有的气息回来了。像一只刚刚在斗鸡场上落败的公鸡。我们站在墙角的阴影里，神色忧戚地望着他。但他并不看向我们，而是用半个身子撞开门。门哐当哐当作响，像是散了架，要倒下来。他冲进光线晦暗的工作间翻箱倒柜。陈年灰尘的味道，机械润滑油的味道，环绕着我们的鼻子。

我们从未见过的一把带柄的尖刀，出现在父亲手里。他怒气冲冲地坐在磨刀石前，霍霍地磨着那把锈迹斑斑的尖刀。刀的刃口，渐渐闪现出一片冷森森的雪。父亲把刀举起来，刀刃对着自己变形的脸。他用右手的食指，拭了拭雪亮的刀锋，然后又用将嘴巴卷起筒状，吹了吹……母亲阻止了父亲即将展开的行动。

中午，我们围坐在餐桌旁，小心翼翼地咀嚼着母亲烹饪的食物，尽量不让嘴巴发出任何声响。父亲忽然停止咀嚼，满怀期待地问我和哥哥，以后会不会给他报仇？我和哥哥被这突如其来的阵势吓蒙了，低头沉默不语。父亲失望地扔掉手中的筷子，脸色铁青而沮丧。他独自舔舐着内心的伤口。

或许正是从这一刻开始，父亲便陷入了某种无以排遣的情绪之中。这种只有抑郁症患者才会滋生的情绪，始终像我们常见的那种藤蔓植物一样，紧紧地缠绕着他，直到多年以后，他半卧在一把躺椅上失去呼吸才得以解脱。

另外一个上午，为了捍卫一丘荒地的归属权和作为男人的尊严，被恶言恶语激怒的父亲，抄起手中的扁担迎向他嚣张跋扈的叔父；几天之后的一个黄昏，当他们在村子里另外一条路上狭路相逢时，毫无防备的父亲被他的叔父偷袭……

世界重归平静。我们家一下子多出了不少土地。但母亲仍觉得不够多。我们都不知道她要拥有多少土地才算满意。事实上也是，那多出来的一点土地，一年也就多收四五筐土豆而已。对于那么多张嘴巴而言，那些土豆只够塞牙缝。

正是此时，村子里的H先生同意将他家的玉米地租给我们耕种。H先生和他的妻子都已年迈得走不动路了。尽管我们家离H先生家的玉米地很远，要翻过一座山冈，穿过村委会广场，再沿着乡村公路步行一段时间才能到达，但父亲和母亲毫不犹豫地答应了。他们兴高采烈地在那块地里种上了玉米、土豆和红薯。

我们把H先生家的玉米地租种了多少年，我不得而知，但是从此以后，母亲相继租种过村子里好几户人家的玉米地。她对那些肥沃的能分娩玉米和土豆的土地，怀有近乎宗教般的热诚。尤其是玉米抽穗扬粉的那段日子，她恨不得整日整夜地把自己置身于玉米地，直至渐渐饱满起来的玉米棒垂下金色的头颅。

密不透风的玉米林，有一股神秘的力量吸引着母亲和村子里所有的母亲们。我有幸目睹过这样的画面：母亲将粗糙的双手背在身后，长久地站立于两块玉米地中间狭窄的小径上，翕动着爬满雀斑的鼻翼，沉浸于某种不为外人所知的甜蜜幻象里。她的脸上浮现出难以察觉的微笑。

早冬，父亲赶着黄牛犁地之时，我会拎着一只篮子，像影子一样跟在他身后。闪烁着银光的犁铧时不时地从泥土里捎带出夏季没有挖干净的土豆和秋天没有挖干净的红薯。我弯腰把它们拾进篮子。土豆黑色的眼睛里已经生出白色的芽，但水分充足，用指甲剥掉没长皱纹的土豆皮，塞进嘴里，淡淡的甜味在舌尖弥漫。

父亲将所有的地犁完，我已拎不起手中的篮子。

三

我和哥哥睡在二楼的一个房间，同一张紧挨着窗子的床上。我们像父亲和母亲那样，各睡一头，互不打扰。棉被下边铺着厚厚一层干稻草，睡上去时会沙沙作响。干稻草上余留许多空稻壳，偶尔还能找到一两粒完整的稻谷，但剥开稻谷，里面并没有白玉似的大米娃娃。稻谷是瘪的。

母亲用针线缝制的被子，总是有着阳光干喷喷的香味。那是白日里的阳光，还藏在被单的褶皱里和晒得跟云朵一样蓬松的棉花上。躺在床上，我们就可以看见在树梢上跳跃的月亮和钴蓝色画布里像鱼群一样若隐若现的星星。

我们头顶的阁楼上，堆放着无数个已经被剥掉玉米壳的玉米棒。它们毫无规律地躺在一起，就像熟睡的玉米人。有时，我会胡思乱想，那些玉米人是会在梦中生孩子的。灰尘在金色的光束中狂舞。我们能够从它们的细微变化中，感受到玉米沉甸甸的重量。父亲已明言禁止我们在楼板上跑动或者蹦跳。他担心楼板承受不住骤然增大的重力。事实上，那些楼板是他亲手铺上的。他应该相信它们。

但我们不是时时刻刻都会想到玉米。我们甚至非常讨厌玉米。因为我们天天都要吃母亲做的玉米面饭,或玉米面糊糊。尽管村子里在我们家做过客的人,都夸赞过母亲非凡的厨艺,但天天吃,谁也受不了。我们宁愿天天吃土豆,也不愿意偶尔吃一顿玉米面饭。可母亲坚持着她独特的一套理论。她说,不吃一点玉米面饭,干活就没有一丝力气。我们身上的力气,都是玉米面变出来的。

只有在夜晚,尤其是冬日与墙壁一样冰冷而又坚硬的黑漆漆的夜晚,我们才频繁地想到玉米。但这也并非因为我们睡在玉米下边自然而然地想到了玉米,而是在黑暗中将玉米啃噬得咔嚓咔嚓作响的老鼠,让我们想到了玉米。

老鼠可不是一般的多。好像只要黑夜吹响隐秘的口哨,抑或以我们拉灯为信号,它们就迫不及待地从各自的洞穴里悉数溜出。黑夜是它们的乐园。每个晚上,它们啃噬玉米的声音都吵得我们不得安宁。刚刚躺下,那种细碎的密密匝匝的声音就从头顶涌现。偶尔从有老鼠出没的噩梦中惊醒,我都不敢摸自己的耳朵和鼻子。我怕摸不到自己的耳朵和鼻子。就像睡觉前用手指过月亮一样。

黑夜是一个声音放大器,任何细微的声响,都会被它敏锐地捕捉到,并成百上千倍地放大。老鼠们在我们的头顶叮咚叮咚地奔跑——"活像一群响马强盗。"父亲总是会在第二天清晨神色夸张地说——咯吱咯吱地唱着歌,偶尔还会为了某件事情争吵不休,甚至打上一架,发出局促而尖利的叫声。

因为吃得太饱,每个晚上总会有一只得意忘形的老鼠从滑溜溜的玉米棒上摔倒。那个声音,如同一小袋面粉忽然侧翻在地时发出的声音,沉甸甸的。

我们不时学一声猫叫,企图唤醒老鼠古老的记忆。那遗传自祖先对猫的恐惧。不知是突如其来的声音惊到了它们,还是那声足以乱真的猫叫在它们小小的头脑中迅速形成了一只猫的形象,它们哗啦一声从黑暗中逃匿得无影无踪。阁楼上腾起一阵声音的烟尘。但不一会儿,它们又会从各个角落汇集到我们头顶。

我们也会在黑暗中大吼一声,或响亮地持续拍手,或扔一件随手可即的东西——一只鞋子,一个也不知什么时候滚落在角落里的土豆——到阁楼上,但收效同样甚微。它们的胆子越来越大,几至有恃无恐的地步。更令人恐惧的是,它们的队伍越来越庞大。它们在阁楼上留下了密密麻麻的粪便和无数玉米的碎屑。

母亲采取了措施。她把客厅四个墙角的洞口与缝隙全部用泥巴堵死了,门缝处也搁了一块挡板,严防老鼠出入。客厅的一角存储着雪白的玉米面。但依然有不速之客从密道溜进来。它们在昏暗的灯影里拖着一条铁线似的尾巴,滴溜着两只黑豆般的小眼睛,沿着墙角无声无息地奔跑,像一团团虚幻的影子。

如果行踪暴露,那将是它们的终结之日。我们会放下手中的一切活计,饭碗,或正在做着的什么事情,手持鞋子或木棍,群体而攻之。光那阵势就吓得老鼠四肢打战。我们一边追赶一边高声恫吓,同时瞅准时机,将手中的武器狠狠地掷向老鼠。房间动荡起来。奋力逃窜的老鼠,最终不是被一根棍子结束了性命,就是被一只鞋子击中脑袋。也有侥幸逃脱的。母亲会诅咒好一阵子。

我似乎还漏掉了一件事情：另外一个房间也晾晒着金灿灿的玉米棒。那是老鼠出没的黄金地带。下午，我们跟随母亲来到这个房间，把厨房用的火钳坐在屁股底下，然后拿起玉米棒，借助火钳的钝口挫下玛瑙般的玉米籽。玉米籽落到簸箕里，咚咚咚的，发出奇怪的响声。像是密集的雨点敲打在梦中的玻璃窗上。

我们意外地发现了一只小老鼠。它偷偷摸摸地，藏在两个玉米棒之间的空隙里，两只玻璃球般的眼珠子，骨碌骨碌地转动着。可能是突如其来的一阵饥饿，让它不惜以身犯险。也可能是来不及逃走，我们就已经来了。母亲眼尖，将握在手中的那个玉米棒，对准了老鼠藏身的位置。玉米棒飞了出去。像一枚手榴弹。

我们听到一声尖利的惨叫。我停下手中的活计，走过去，畏首畏尾地扒开那堆玉米棒——我担心老鼠还活着，咬我的手指。老鼠已奄奄一息，但还在喘息，灰色的毛茸茸的肚子，有气无力地起伏着。母亲命令我："把它扔进鸡群"。

父亲从集市上带回一包鼠药。

我见过那个兜售鼠药的老头。来自河那边一个专门配制鼠药的家族。他常年戴一顶鼠灰色鸭舌帽，下巴上蓄着一撮鼠灰色胡子，爬满可疑斑点的鼻梁上，架着一副鼠灰色眼镜。背佝偻着，像一只上了年纪的老鼠。他的摊位位于集市上一棵古老的灯笼花树下。摊位的一角，摆着高高两堆圆滚滚的老鼠。仿佛只要用手指戳一下它们凉飕飕的肚皮，它们即刻就会翻身而起，骨碌着两只小眼睛逃跑。

肚皮圆滚滚的老鼠，都是购买鼠药的人带来的。十只成年老鼠，可以兑换一包鼠药。据说那个外貌与老鼠无异的老头把老鼠带走后，会从它们粗壮的尾巴里拔出一缕缕银丝，然后托人捎到遥远的省会，可以卖一大笔钱。我们觉得不可思议，捉一只老鼠做实验，果然从它的尾巴上拔出了韧性十足的银丝。但不知其用途，随即扔在了花园里。我们一点也不觉得可惜。

那个老头的鼠药很有力道，放倒一大片老鼠。每天清晨，都会见到父亲从阁楼上拎下来一串老鼠，跟猫崽一般大小。它们灰色的肚子圆滚滚的，装满了来不及消化的玉米，但四肢冰凉，总让人想到它们被摆在集市上示众的样子。

可没过多少日子，父亲就宣告鼠药失效了。因为接连两三个清晨，他都是空着双手从楼梯上走下来。他没有找到一只老鼠。而夜间，老鼠们依然在阁楼上生龙活虎地偷食玉米。我们猜测，不是老鼠在黑暗的洞穴里梦见了解药的配方，就是它们在误食鼠药的同胞身上吸取了教训。它们鬼精得很。

宣布这个消息的第二天，父亲就拎着两串老鼠——像拎着两袋沉甸甸的玉米，到集市上换回了一包新鼠药。据那个身世神秘的老头声称，这是他最新配制出来的一款产品，堪称猛虎之药。他还立下誓言：如果见不到立竿见影的效果，他不仅把退还给他的鼠药全部吃掉，而且从此不在集市上抛头露面。

投放鼠药的同时，父亲还购回了好几只捕鼠夹。他像一个经验丰富的猎人，在老鼠出没的必经之地布下天罗地网，设下重重陷阱。他在捕鼠夹的机关前放上几颗玉米，作为诱饵，引诱贪心者上钩。晚上，但凡听见刺耳的吱吱咕咕的尖叫声在黑暗中撕开一道道声音的裂缝，我们就知道有倒霉蛋失去了自由。

那些不幸者，会在黑暗中挣扎很长时间，但改变不了什么。它们因为疼痛和绝望而发出的声音，终究会在黎明到来之前渐渐衰弱，直至与体温一道消失。

我们想过如此多的办法，试图将老鼠赶尽杀绝，也一度收到了不错的效果，可鼠患依然严重。它们就像在捕鼠夹上标注了记号一样，会巧妙地绕过这些精心布置的圈套。它们的鼻子，不会轻易被鼠药的气味迷惑。

父亲说，老鼠是世界上最聪明的动物。

四

另外一间阁楼上，总有一些什么神秘的东西，吸引着我们爬上楼梯。但当我们真正爬到黑黝黝的楼梯口，却又有些犹豫。

阁楼上光线暗淡，墙角挂满了大大小小的蜘蛛网。腿脚细长的黑蜘蛛虎视眈眈地盘踞在蛛网中心。它们天生一张令人恶心的巫婆脸。如果被它们咬上一口，心跳肯定会在瞬间快得数不过来。不过也没有什么好担心的，我在窗台上见过一只棕红色的小瓶子，里面装着半瓶棕红色药液。父亲说，被黑蜘蛛咬了，伤口也会长出一只黑蜘蛛，但只要涂抹一点小瓶子里的药水，那只蜘蛛很快就会消失不见。

父亲藏了许多宝贝在这里。我们幻想用木头制作一辆自行车，需要两个滑轮；幻想制作一匹可以在轨道上奔跑的木马，缺少几个关键的零部件；幻想制作一对能带着我们飞翔的翅膀……父亲的百宝箱从来不会让我们失望，可我们既没有制作出自行车，也没有制作出木马和翅膀。我们的想法一直在变。

五月的一个上午，我们在阁楼的一角赫然发现了两条长长的缀满易碎鳞片的蛇蜕。根据蛇蜕的长度估计，是两条我们从来没有见过的大蛇。我们立即屏息凝声，倒退着，猫手猫脚地逃离阁楼。我们不敢抬起眼睛四处打量。我们担心冷不丁地在某个墙洞里撞见一双冷森森的眼睛和一条猩红的蛇信子。

我们及时把这一信息告诉给了父亲，希望他早点采取行动。但他表现得相当坦然。"是家蛇，在房间里捕捉老鼠的。"他几乎是笑着对我们说。也就是这一天，我知道了我们家的阁楼上住着两条蛇。但是谁也没有见过它们，除了它们脱下来的已经风干的衣服。我不知道这是好事，还是坏事。只是从此之后，我就很少独自去阁楼玩耍了。晚上去这间阁楼下的房间,也总是心神不宁。

仲夏的一个午后,大人们顶着烈日在玉米地里忙碌。玉米林里繁衍出大块大块的阴影。炫目而炽热的阳光堆满了院子。像是火焰在燃烧。我迷迷糊糊地向父亲和母亲的卧室走去。可能是他们的床吸引着我越来越沉重的身体。也有可能,我是在某种意识的驱使之下,情不自禁地走了进去。

刚刚推开卧室的那扇门,睡意昏沉的我竟隐约瞥见床榻里侧的墙壁上有一根黑色的小木棍在晃动。我以前从未见过,有些好奇。我用手背把眼睛揉亮,凑近床头一看,心里猛地咯噔一下,整个上半身都跟着弹了回来,身体里的疲惫和睡意顿时消失得无影无踪。我跑到烫脚的院子里,哭着嗓子大声呼喊父亲。

我的声音颤抖,充满了无言的恐惧。我看见了一条蛇的尾巴。那条布满了黑色斑纹的尾巴,从墙壁上一道狭长的缝隙里露出来。房间没有粉刷。那条尾巴缓缓地倔强地蜷曲着。像是在痛苦地挣扎。我看见了无形的力。藤蔓植物的力。

父亲从玉米地里匆匆赶了回来。额头上淌着一片闪着光的汗珠。脸颊上也是。他不知道发生了什么事，黑着脸把我训斥了一番。我说不出一句话。词语挤在紧缩的喉咙里，乱成一团。我把父亲引到他们睡觉的卧室。那条布满黑色斑纹的尾巴还在那里蜷曲着。它的存在，证明我没有说谎，而且有理由叫父亲回来。

父亲的脸没有先前那样黑了，但依然紧绷着，像岩石一样坚硬。我猜不透他的心思。可能是担心打草惊蛇。也有可能是这样的事情不宜声张。他小心翼翼地挪开床，不让床脚发出一丝声响。他把可能产生的声音，摁灭在手心里。

那条布满黑色鳞状斑纹的蛇尾巴，完全暴露在我们面前。一条异常粗大的尾巴。可以想见蛇身令人害怕的尺寸。让人想到蟒蛇。想到龙一样的脸和麒麟的角。想到古老的传说。奇怪的是，它听见了动静，并没有立即逃走。

父亲拿起一根木棍，试探性地碰了碰那条尾巴。它就像被滚烫的开水淋到了要害一样，反应激烈，极力扭动。我又看见了藤蔓植物的力。它要把空气中的所有东西都打碎。它正在努力地往墙洞里缩去。正是这时，父亲果断地伸出他那双铁钳般的大手，抓住了那截滑溜溜的扭动着的尾巴。那截尾巴越来越短。

蛇被卡在了墙洞里。要把它拔出来。否则整条蛇都要腐烂在墙洞里。那样的话，我们就得把整面墙敲掉。父亲终于说话了。

父亲的脸、脖子以及两条手臂，都涨得通红。脖子和手臂上，爬满了青色的蚯蚓。我想他正蹲在地上以使重心下移的两条大腿也爬满了青色的蚯蚓。他试图将那条倒霉透顶的蛇从墙洞里拔出来。可是蛇露在外面的那截尾巴太滑了，而且也不够长，使不上劲。也有可能是它被死死地卡在了缝隙里。

蛇尾在父亲手中像激流中的波纹一样挣扎着。它在与父亲的手舍命搏斗。

父亲临时改变了策略。他紧紧抓住那截尾巴，让我帮他解下衬衣纽扣。他用衬衣下摆裹住了那截滑溜溜的尾巴，并把尾巴的末端递进嘴里，用两排牙齿死死咬着。这一招很管用。蛇身终于被拔出来一点。但它往墙洞里边挣扎得更厉害了。黑暗才是它的归属。我和父亲都听见了噗噗作响的摩擦声,在墙洞里旋转。

父亲需要一个帮手。可房间里除了我,再无他人。他吩咐我用双手抓住那截滑溜溜的尾巴。他好找来锤子和钢钎,撬开构成墙洞的石块。我的心怦怦跳动。就像被黑蜘蛛咬过一样。我怀着恐惧走近那条尾巴。我迟疑地伸出颤抖的右手,却始终不敢触摸那些黑色的诡异的斑纹。忽然,一股浓烈的鱼腥味,攀着一根无形的绳索,钻进了我的鼻孔。午餐在我的胃里翻滚。

父亲的眼里缓缓升起怒火。那些尚未成形的火焰,迫使我战胜对未知事物的恐惧。我再次迟疑地伸出右手。我的中指肚触到一道冰凉的闪电。我差点失声叫了出来。那股令人不寒而栗的凉意,瞬间传遍身体的每个角落,每根神经。我迅速抽回受惊的右手。实际上,是右手在那个瞬间自己缩了回来。

父亲生气了,像一头狮子那样对我怒目而视。我几乎是闭上眼睛,屏住呼吸,在一阵陌生的战栗和慌乱中,抓住了那截光滑、潮湿而又冰凉的尾巴。就像是抓住了一个噩梦的尾巴。一个魔鬼的尾巴。来自黑暗洞穴中的力,来自藤蔓植物的力,来自河流的力,来自神灵的力，通过我冰凉的双手，噩梦般缠绕着我。

我的心跳越来越快，快得都快数不过来了，就像是被无数只黑蜘蛛咬过一样。我爬满腥味的双手上，已长出了一只只巨大的黑蜘蛛。它们都有一张巫婆般丑陋的脸。它们沿着手臂向我爬来。它们纤细的长脚抓得我皮肤发痒。

父亲敲掉了墙洞外围的石块，再次抓住了光滑的蛇身。

这条神秘的大蛇，终于在一阵持续的噗噗声中，从父亲的手中，从我的手中，渐显真容。但还有一部分被牢牢地卡在黑黝黝的墙洞里。是闻讯而来的叔叔帮忙撬开了墙壁上最关键的两块石头，它才被完整地救出。它的长度超过了我们所有人的想象。它滑溜溜的带着闪电的皮肤，被墙洞中尖锐的石块刮伤。

这条神秘的大蛇已奄奄一息，但那股无形的力，许多年后还在我的手中挣扎。它的食道，鼓鼓囊囊的，好像有什么东西在里面移动。父亲说，那是一只老鼠。话音刚落，立即就有老鼠吱吱叫唤的声音，从看不见的幽暗角落隐约传来。

它是为了追捕那只老鼠，才让自己身陷险境。

父亲将这条大蛇倒拎着，扔到了指甲花开得正紧的花园里。最终，它是回到了万物葳蕤的田野，还是没有从这个意外事件中挺过来，我早已忘记结局。

一个夏日的雨夜，母亲早早地睡下了，父亲和哥哥不在家，妹妹离开客厅前往卧室时，忽然失声尖叫起来。巨大的恐惧爬上了她即将哭起来的脸庞和瞳孔放大的眼睛。我以为她看见了鬼，或者忽然间精神崩溃。像那个夏日午后的父亲不分青红皂白地训斥我一样，我也对她进行了一番训斥。她的尖叫声吓到了我。

我犹豫着来到客厅门口，把目光投向湿漉漉的雨夜，什么也没有看见。我催促妹妹去睡觉。可她站在原地，一动也不动，仍然保持着刚才的表情，恐惧还没有离开她的脸庞和眼睛。我这才耐心地问她看见了什么。但她只是一味地摇头。

我在那面潮湿的墙上漫无目的地检视起来，没有任何异象。可就在我准备把目光从墙上挪回妹妹脸上时，我就像撞见了鬼一样，整个人都差点从地面弹起来。

那个爬满阴影的墙洞里，一双冷森森的眼睛，正像仇人一样盯着我；一条猩红的蛇信子，像一朵邪恶的火焰，在灯光的反射弧里闪烁。

五

三月的时候，父亲身上长满了隐形的羽毛，还有一对巨大的翅膀。他要出远门了。一个十分遥远的地方。临行前的那几天，他把楼上楼下检查了一个遍。他给空洞的窗子钉上了木条；给空洞的门，钉上了木条；给二楼阳台空洞的两端，钉上了木条。他想把房间外部所有空洞的地方，都钉上木条。

家里的煤烧完了。母亲联系了村子里的一位马夫。马夫和他的儿子，在暮春的一个上午，各自赶着一匹黑黝黝的马，从另外一个村子为我们驮来作为生活必需品的煤。下午，他们和他们的马，再次出现在我们家的院子里。一匹马吃去年的玉米壳的时候，忽然停下来，卷起尾巴，拉下一摞冒着热气的马粪。另外一匹马，打了两个漂亮的响鼻。母亲拿不出现钱，把账赊着。

父亲也认识这位马夫。正是他嘱咐母亲这么做的。他在一封字迹工整的信中对母亲说，家里没有煤了，就去找马夫。账先赊着。等我寄回来了，再给他。以前，马夫给我们家驮过煤。父亲和他相谈甚欢。他认为马夫是一个信得过的人。

马夫跟他那匹马肚子上发光的皮肤一样黑，甚至还要黑一点。整张脸，从额头到下巴，都像是被太阳烤焦了。他戴一顶破旧的皮帽子。可能是由于常年赶马，他走路的时候，两只脚上各自镶了一只马蹄。嘚嘚的马蹄声从他的脚下响起。

马夫给我们讲述过他们家的故事。一年秋天，他们家和邻居家发生纠纷，双方动起了拳脚。邻居家人多势众，他们家吃了亏。他那如同小马驹一样冲动的儿子，冲进屋子，拖出一支火枪，上了膛，砰——一发子弹向邻居射去。邻居的一只耳朵瞬间没了。警察来了。带走了他的妻子。他的儿子还没有满十八周岁。

马夫离开后，父亲还在为他不幸的遭遇感到惆怅。他叹息着对母亲说："他的身边要是有个二把手，家里不知道过得几多殷实。一张俏皮嘴巴，能把死的说成活的。"我记得马夫在讲述故事时说："快了，还有两年就出来了。"

夏季的一个雨天,马夫来讨账。母亲正在厨房忙碌。马夫歪着脖子围着母亲说了一堆话。我在院子里瞧见马夫把手臂搭在母亲的肩上,母亲手里拿着锅铲,挣脱了。母亲对马夫说,"你不是叫他哥吗?"马夫盯着母亲说,"是的,没错呀。"他又准备把手搭到母亲的肩上。母亲像一条光滑的鱼,滑向了另外一个角落,对他说,"既然你叫他哥,你还这样?"马夫一愣,脸上更加黑了,悻悻然离去。

另外一个雨天,母亲蹲在房间里挑选土豆。她根据个头的大小,把土豆装进不同的篮子。那时,我们家的房间里堆满了土豆。那时,正值土豆收获的季节。马夫冒雨来了。他浑身湿漉漉的,散发着马身上的气味。刺鼻的气味。正是在那个堆满土豆的房间,马夫嬉皮笑脸地企图对母亲动手动脚,被母亲严词拒绝了。

我站在马夫身后,拳头捏得咯吱咯吱作响,喉咙冒烟,嘴唇打战。我紧张得说不出一句话来。我的脑海里,始终闪烁着同一个画面:他的儿子从屋子里拖出一支火枪,砰——他邻居的一只耳朵不知去向。可惜我们家里没有火枪。

八月，玉米成熟了。玉米总是在八月成熟。祖母吩咐叔叔帮我们掰玉米棒。母亲负责在地里把玉米棒掰下来并装进筐子，叔叔则负责把玉米棒运回家里。

天气燥热，年轻的叔叔只穿一条白色背心。肩上披着一条蓝白条纹的毛巾。他回家歇脚的间隙，我看见他的双臂上长出了两只圆滚滚的小猪。两只爬满了青色蚯蚓的小猪。叔叔的额头爬满了汗珠。他的目光，落在一个虚无缥缈的地方。他已经二十多岁了，但还没有说媳妇。也请媒婆说过媒，但都没有下文。

母亲做好了晚饭。祖母也在我们家。饭毕，大家围着飞利浦牌黑白电视机。与村子里其他人家一样，我们也把电视机当成宝贝，藏在父亲和母亲的卧室。母亲忙碌了一整天，浑身的骨头散了架，早早地睡下了。她当着我们的面，爬上床，钻进被窝，再褪下裤子。我们依然看电视。电视里正播放着一部功夫片。

窗外响起树叶发出的簌簌之声。晚风阵阵吹来。我们都打起了长长的呵欠。祖母吃不消，要回家睡觉了。她催促叔叔也早点回去。叔叔坐在椅子上打瞌睡。脑袋像一只结在藤蔓上的葫芦瓜，一下接一下地往地面坠落。他坐在那里,既拉不动,也推不动。他的脚长在了地上,屁股长在了椅子上。祖母只好留下来,继续看电视。不一会儿,她也打起了瞌睡,并发出老猫一般浑浊的呼噜声。

电视机的屏幕变成了一片呲呲作响的雪花。雪花中间,闪烁着一个黑白相间的球形图案。叔叔终于起身离开房间,眼睛红通通的,像个醉鬼。祖母跟在叔叔身后,像他臃肿的影子,缓缓移动。即使是夏天,她也穿着两件盘扣衣裳。

祖母和叔叔,迈着梦游症患者的步伐,漂浮在小径之上,消失在月光里。那夜的月光跟太阳一样亮。村子被月光照得发白。村子里没有秘密。

母亲把玉米棒晾晒在我们曾经杀死过一只老鼠的那个房间。这个房间的前边没有门,空洞洞的。父亲没有时间做门,也没有时间钉上木条。为了玉米不被强盗偷走,也为了耳朵听得更远,譬如说猪圈和牛圈的动静,母亲把床搬到了这里。一条被子垫在玉米上。玉米和骨头一样坚硬。母亲在玉米上睡了很多年。

十二月的一个黄昏,父亲回来了,可屁股还没有坐热,就被母亲轰了出去。母亲坐在炉火边,把这一天刚满三十六岁的脸埋在手心里,低声抽泣。父亲的口袋瘪瘪的,没有带回我们的学费。

深夜,父亲再次回来了。他坐在炉火边,沉默地抽烟。他的口袋里,装着我们的学费。

父亲身上的羽毛不见了,那对巨大的翅膀也不见了。

父亲变回了原来的父亲。

六

父亲在梦里养了一只小猫。一只相当机灵的小猫。它浅黄的毛皮上缀满老虎的条形斑纹,脑袋棕黄,四只脚纯白。虽然才五个月大,但它的嘴唇两边已经长出八根银色的胡须。父亲已经教会了它奔跑和爬树的本领。它第一次爬到高高的树杈上时,恐高症发作,颤巍巍地立在那里求救。父亲还通过意念把老鼠的形象和声音植入了它毛茸茸的脑袋。只要一听见虚拟的老鼠的叫唤声,它就会条件反射般地进入战备状态。经过半个月的训练,它成功地捕住了第一只老鼠。

父亲十分疼爱这只小猫，准备寻找一个恰当的时机把它带到现实生活中来。他已向一个极有可能认识的长者请教过将一只动物带离梦境的方法。可是有一天，为了追捕一只老鼠，这只小猫从他的梦中失踪了。他失魂落魄地寻找了许多日，也没有结果。他事后分析，是小猫在梦境错综复杂的迷宫中迷失了方向——尽管它有着异常灵敏的嗅觉，但再也找不着回到主人身边的那条小径。那天，父亲因小猫失踪而从梦中惊醒，迷宫也就随之坍塌了。它被困在了另外一个空间。

正当父亲计划再在梦中养一只一模一样的小猫时，他在他的一位远房表弟家遇见了失踪的那只。父亲一眼就认出了从墙角一闪而逝的它。但或许是穿越了梦境，它已不认识昔日的主人。它遗忘了梦中的事情。父亲的表弟答应将那只小猫送给他。晚餐后，父亲猫手猫脚地向它靠近，试图一把抓住它的后颈，可不及父亲靠近，它就从一扇洞开的窗子里一跃而出，像梦中那样消失得无影无踪。

两个月之后，一个落着春雪的日子，父亲的远房表弟将那只小猫成功诱捕。"这只猫性子野，喜欢打鸡群的主意，而且不捉老鼠，像只野猫。"表叔将它送到我们家时非常抱歉地说。我们用一根长长的绳子拴着它的脖子。它认生，藏在餐桌底下。只要听见我们的脚步声，它就向光线更暗的地方躲去。实在无处可藏，它便弓起后背，周身毛发直竖，嘴里呜呜直叫，向我们发出严重警告，时刻准备着扑过来，或是给我们吐上一口唾液。它像老虎一样令人害怕。

在这只猫到来之前，我们还养过好几只猫。一只猫的肚子被伯母家的狗咬破，冒着热气的肠子落了一地。村子里的兽医为它缝上伤口，还为它注射了两剂消炎药，但它没能再站起来。一只猫忽然在清晨挂满鼻涕，不再呼吸。父亲用干稻草把它包起来，放到一棵漆树的树杈里。那棵漆树长在一块墓地里。一只给我们带来无数欢乐的小猫，不是被一盆小鱼撑破了肚子，就是误食了鼠药。还有一只伯母送给我们的老猫，成天打呼噜，即使老鼠咬掉了它的鼻子，它也无动于衷。

这只猫并非如表叔描述得那样顽劣。时间唤醒了它的记忆，它很快就把自己当成了我们这个家庭里的重要成员。它不是很喜欢让人抱。它喜欢独自坐在一把椅子上，像夏天的叔叔一样，把目光望向一个虚无缥缈的地方。母亲时常努着嘴巴对我们说，你看，它一个人坐在那里。有时一天也见不到它的影子，只听得到楼上传来猫脚噌噌跑动的声音和老鼠吱吱嘎嘎的叫唤。它在履行自己的职责。

母亲叮嘱我们，不要偷看猫吃老鼠，否则猫的牙齿会酸。可我们还是偷看了好多次。猫是天底下玩心最大的动物。逮着了老鼠，并不急于吃，而是要逗上好一阵子。老鼠装死，猫把它放到地上，蹲坐一旁，心不在焉地望着花园里的一朵喇叭花。喇叭花紫色的边缘歇着一只蝴蝶。老鼠以为机会来了，骨碌一下爬起来，匍匐着小跑，却又落到了猫锋利的爪子下。如此反复，老鼠彻底放弃了逃跑。

猫发现有人躲在门后偷看。两只耳朵是它的眼睛。全身每一根可以在瞬间竖立起来的毛发，也是它的眼睛。估计是担心古老的预言变成现实，它便叼着老鼠鬼鬼祟祟地跑到一块无人之地，继续玩弄那与生俱来的天敌。直到肚子发出咕噜咕噜的响声，它才下定决心，结束这场无聊的游戏。

猫来到我们家的那一年冬天,父亲从乌鲁木齐回来了。他多出了两只脚。他是拄着两支拐杖回来的。春天的时候,他从二楼的外墙上像一袋水泥重重地坠落于地。脚手架发生了断裂。他的右脚脚踝,被摔成粉碎性骨折。三根脚趾头,失去了知觉。他在医院昏睡了三天三夜,才睁开疲惫的眼睛。他发皱的皮肤下,埋着几颗钢钉。雨天到来之前,那几颗钢钉会在他的骨头里旋转。他疼得直不起腰。

我们家陷入了前所未有的困境,就像陷入了长满水草的沼泽地带。所有人的脸,都像雨天一样忧郁。只有那只猫像往日那样活泼好动。它已经无师自通地掌握了捕捉松鼠和麻雀的本领,甚至连小蛇也成为它独自享用的美餐。天气晴朗的日子,它会在院子里给我们表演"玩狮子"的节目。父亲的脸上浮起笑容,牙齿露了出来。我们的脸上也浮起笑容,牙齿露了出来。我们笑得合不拢嘴。

母亲租种了更多的玉米地,养了更多的猪。猪可以兑换成钞票。潮湿的猪圈成为我们家的银行。为了喂饱猪巨大的拖在地上的肚子,过一会儿就会哼哼直叫的肚子，母亲成为村子里最忙碌的农妇。她恨不能生出三头六臂，也恨不能一天二十四小时都是白昼。玉米地里的活永远也干不完，猪的肚子永远也喂不饱。

母亲总是踏着暮色归来。而我们都已离开村子。哥哥在外省，我在县城，妹妹在镇上。我们和那只猫一起长大，却只有猫留在家里。父亲每天坐在空荡荡的房间里和猫交谈。猫有时会钻进他的怀里，接受他粗糙双手的抚摸。他的右腿，绑在笨重的石膏里。他像机器人一样笨拙。他在房间里移动的时候，不得不拄着拐杖，地面"笃笃笃"地发出沉重的响声。像是有人在下面用棍子捅着天花板。

父亲奇迹般地站立了起来。只是他的右脚掌，被医生固定成了一个直角，既不能弯曲，也不能旋转。行走的时候，他的背影有点滑稽，像是一只跛脚的螃蟹。他不能再像以前那样大步流星地走路。以前的那个父亲，偶尔在我们的记忆里闪现。他把那对日后还将派上用场的拐杖，藏到了那间出现过蛇蜕的阁楼上。噩梦重现之后，母亲说，那对拐杖是可怕的预言，当年扔掉就好了。

父亲的身上又长出了隐形的羽毛，还有一对隐形的翅膀。只不过，它们不再像几年之前那样充满光泽和活力，而是灰突突的，病恹恹的，像淋过一场细雨。父亲六十岁那年，它们完全消失了，再也没有出现过。

父亲六十一岁那年春天，母亲在电话里给我报信："那只猫走了。可惜了……这十多年来，我们家里连老鼠儿都见不到一只。我从来没有见过这么避鼠的猫……"母亲的话还没有说完，就有一种不祥的预感在我的脑海里像烟雾一样盘旋。我莫名其妙地联想到了父亲。但我没有对任何一个人透露。

我的预感得到了证实：一年后，父亲离开了我们。而这时，我们家的土豆已经多得吃不完。母亲每年都要卖掉许多土豆。五毛钱一斤。"太廉价了。"我们对母亲说。我们在更远的地方对母亲说。

现在，母亲独自生活在村子里。村子空了。我们家的花园和父亲的墓地，在春夏两季，都会开满姹紫嫣红的格桑花。父亲从新疆玛纳斯带回来的种子。照料花园的母亲，被孤独的群山包围。皱纹在一夜之间爬上她的脸庞。即使常年使用廉价的染发剂，也难以掩饰两鬓最新钻出来的点点白发。

没有多少人种地了。村子里整块整块的玉米地被撂荒，长满了灌木和野草。我们叮嘱母亲也少种点玉米和土豆，可她不仅把我们家的地种满了，还租种着堂伯母家的一块玉米地。"只有忙碌起来，才不会沉浸在往事里。"她说。

母亲还养了一只猫，三条狗，一群鸡，数头猪。

我们管她叫动物园园长。

原载《大家》2019年第6期。

20世纪20—30年代的四首汉诗

——李丹

南京市第二期"青春文学人才计划"签约作家。现为南京大学艺术学院副教授。在一流学术期刊发表论文多篇，撰有《中国当代文学批评史料编年（1977-1983）》等专著。为中国现代文学馆特聘研究员，江苏省第五期"333高层次人才培养工程"培养对象；学术成果曾获"唐弢青年文学研究奖""江苏省哲学社会科学优秀成果一等奖""江苏省哲学社会科学界学术大会优秀论文一等奖"等奖励。

一、含混、杂糅、繁复：冯至《蛇》

现在已经极少有人知道比亚兹莱这位英国唯美主义画家了，但在20世纪20年代的时候，比亚兹莱和他的绘画曾风行一时，在中国艺术界产生了巨大影响。郁达夫是画家的积极介绍者，1923年，在《集中于<黄面志>的人物》一文中，郁达夫将比亚兹莱称为"天才画家"。而田汉在翻译《莎乐美》的时候，使用了比亚兹莱的16幅插图。就连鲁迅也曾亲手编选《比亚兹莱画选》，并称画家"生命虽然如此短促，却没有一个艺术家，作黑白画的艺术家,获得比他更为普遍的名誉,也没有一个艺术家影响现代艺术如他这样的广阔"。

而冯至的《蛇》则与比亚兹莱绘画直接相关,他在晚年曾经回忆,称他创作该诗是受到比亚兹莱插画的启发:"画上是一条蛇,尾部盘在地上,身躯直立,头部上仰,口中衔着一朵花。"这幅画给了冯至强烈的刺激,蛇"那沉默的神情,像是青年人感到寂寞,而那一朵花呢,有如一个少女的梦境"。由此则可以看到《蛇》一诗所具有的形象特征,诗人进行创作的时候,尽可能地避免了汉语的叙事、论述功能,而是竭力以文字绘制形象,通过形象的跳跃、转换来显示或者暗示一种暧昧、晦涩的情愫。诗人回避了句子与句子之间的逻辑关系,而是依赖于画面与画面之间的相似性与关联性来构建诗歌。在表达感情的时候,也是以想象、比喻为勾连,曲折、隐晦地传递心绪,避免直抒胸臆。这样,《蛇》所起到的审美效果就不可避免的是突兀的、震惊的、富于冲击性的。独具的技巧保证了《蛇》在诞生几十年后仍然广受好评。

《蛇》开篇便极为不凡,"我的寂寞是一条蛇",

这种比喻相当罕见,以"蛇"来形容羞涩、隐晦的单恋心境此前从未有过,作为负面象征的蛇显然无法同比翼鸟、连理枝、相思豆归类在一起,这种震撼性的比喻无疑具有脱胎换骨的效果。这一意象针刺般楔入读者的眼球,让人难以忘怀。

诗的第二节中,经过了短短的过渡之后,又是石破天惊的一句:"它像那茂密的草原——你头上的、浓郁的乌丝"。诗人本以"蛇"譬"寂寞",但此时又称其像"茂密的草原",似乎极不可解。但是,再经过一次语义的置换自然就豁然开朗——在此,"草原"所形容的实际上是"寂寞"。"寂寞"如蛇,相思如蛇,绞缠着"我"的内心;而这寂寞又是如此的不可摆脱,令人无力抗拒,莽苍苍如草原,将"我"征服、淹没。而接下来一句"你头上的、浓郁的乌丝"又是神来之笔。一方面,碧草如织,用以形容心上人的头发并无不恰当之处;另一方面,以"蛇"寓发丝,又令人想起希腊神话中的美杜莎。传说美杜莎本是一位美丽的少女,因与雅典娜比美而遭到这位智慧女神的惩罚,不光夺去了她的所有美丽,而且让她长出鳞甲、獠牙与蛇发,任何看到她的眼睛的人都会变成石头。不难看出，这一意象隐喻的是"我"遭到了"我"所爱恋对象的征服，"我"单相思的那个恋人是如此具有魅力，让"我"震撼、停滞、屈服。爱情本身就绝非仅仅是郎情妾意、卿卿我我，更包含着彼此间不无暴力意味的挑战与征伐。显然，单相思的"我"是爱情上的被征服者，为了望心上人一眼不惜变成石头。

在此，诗人充分利用了词句意义上的多元性与所塑造的形象寓意的含混，"蛇"既可作愁绪解，又可作征服解；"草原"既可理解为爱情的绵延，又可理解为具有压倒性力量的占有；"乌丝"既可以是心上人在"我"心头的拨弄，亦可是魔咒般的咬噬。意象内在的歧义直接导致了诗歌的多重、含混、复杂。而这种复调的、矛盾的描述，又恰恰符合"爱情"的实际特征，何尝有过一蹴而就的爱呢？哪一桩爱情故事不是经过了挑逗、追逐、征服、控制呢？诗人的这种写法不能不说是极为巧妙的。一方面，写出了单恋者内心的热切、彷徨和臣服；另一方面，又写出了恋爱对象所具有的魅力、魔力和暴力。于是，爱情所具有的复义性得到了淋漓尽致的表达，而且其内在的对立意义又在诗歌内部制造了饱满的张力，使诗歌本身意蕴无穷，难以尽言，可谓深得写作之妙。

在诗的最后一节中，亦有惊人之语——"它把你的梦境衔了来，像一只绯红的花朵"。"花朵"的本体也是极为含混，它可以象征爱恋对象内心的绮丽，也可以象征"蛇"鲜血淋漓的攻击。总体而论，第三节的表述依然是男女爱情复杂性的推演——既可以玲珑如朱砂痣，又可以殷红如伤口；蛇的"衔"既可以是温柔地舔舐，又可以是狰狞的噬咬。其中也表现出了暗恋者对暗恋对象的复杂心态——温柔幻想与暴力想象并存，臣服现状与征服欲望同在。诗人采用了与前面两节相同的言说策略——利用意象的复杂内涵来表现情境的丰富，作为收束之笔，"蛇衔红花"的意象令人印象深刻，难以忽略。

除了"蛇"这个呈现于诗歌显性层面的意象之外，隐藏于诗歌内部的"我"亦值得重视。"我"与"蛇"恰如一枚硬币的两面，虽然有着羞怯、含蓄、孱弱的表现，却无法掩饰内在的勃勃生机与野心。爱情与欲望本来就难以分离，单恋的寂寞又何尝不是激情的前兆呢？

二、探寻现代汉语的精微之处：戴望舒《我的记忆》

《我的记忆》原本发表于1929年的《未名》（原名《我底记忆》），于1931年收入戴望舒的第一本诗集《我底记忆》，后又收入1933年的第二本诗集《望舒草》并经过了一定的修改，1937年又再度收入《望舒诗稿》并被再度修改。戴望舒一生存诗不过百来篇，结集不过四部，《我的记忆》既是诗集命名之作，又三度收入诗集，足见诗人对此诗的重视。

1933年，施蛰存在《现代》上为《望舒草》做广告，称"戴望舒先生的诗，是近年来新诗坛的尤物。凡读过他的诗的人，都能感到一种特殊的魅惑。这魅惑，不是文字的，也不是音节的，而是一种诗的情绪的魅惑"。作为戴望舒毕生的挚友、资助者和文学的同路人，施蛰存的评价绝非强作解人语，"情绪"二字恰恰是解读《我的记忆》的不二法门。

孙子云"兵者，诡道也"，诗歌之道亦如是。作诗本身就有无限路径，既然不是绘制方圆，自不可拘束以规矩。在戴望舒写作《我的记忆》的时代,现代意义上的"白话"刚刚发展了十余年,在文学方面的经验依然很浅。诗人们如华山论剑,各显神通、广采资源,以自己的方式摸索白话诗歌的广度、限度和可能性。虽然作诗之道千变万化,但是并不能凭空产生。一切创作莫不以摹仿为先导,但也正是在师法于何、撷取何种资源这个问题上,诗人们言人人殊,各自为政。同样是自由体诗,徐志摩师法英国浪漫派代表华兹华斯,着力发掘了现代汉语的音乐性;艾青学习了凡尔哈仑、波特莱尔,以散文美为追求目标;林庚则寻求于中国古典诗歌资源的支持。戴望舒虽然以"雨巷诗人"之名传世,但《我的记忆》却是在远离了《雨巷》所开创的路径、另辟新宗后所写就的。

在《雨巷》中,戴望舒将诗歌的旋律凸显到极致——行行押韵,而字数并不划一,与歌曲极为类似。而在《我的记忆》中,诗人则一反上述做法——彻底抛弃了对押韵的追求,除了诗中第二节中一连串的"上"字,节末以"样"收束之外,全诗无韵,完全不讲究格律的建构。在抛弃了音韵方面的形式建构以后,该诗纯依赖于情感和心绪的推衍变化来驾驭和把握诗歌的节奏，可以称得上另辟蹊径。无怪戴望舒在完成了这首诗后极为自负，对其好友杜衡说《我的记忆》是一首杰作。

在《我的记忆》中充满了感伤的情调，一种淡淡的哀愁蔓延于诗歌的字里行间。诗人将"移情"手法使用得极为充分，万物生姿、顾盼有情。同时，一种孤独感也相伴而生。"我的记忆是忠实于我的/忠实甚于我最好的友人"，开篇就充满了浓厚的顾影自怜的味道。这种孤独与哀愁的基调控制了诗篇的全局，诗中对"记忆"的描述也可以视作这种情调的蔓延。第二节开始，诗人运用"烟卷""笔杆""百合花""粉盒""木莓""酒瓶"等形象作为记忆的附着物，而这些附着物本身也暗示了诗情的格局——平常、淡然、适中，不大不小的意象与不激越亦不淡漠的情绪糅合在一起，形成一种恬淡幽然的审美效果。节末一句"在一切有灵魂没有灵魂的东西上/它在到处生存着，像我在这世界一样"，暗示了"我"与"我的记忆"一样散碎、飘零、无依。

本诗虽然题名为《我的记忆》，看似写"记忆"其实亦是写"我"，诗歌中的"我"与"我的记忆"是可以互相置换的，所谓"记忆"实则是"我"的感触、情绪、心境、经验，两者间藕断丝连、千丝万缕。一个人如果没有了记忆，那么势必与原来的"我"形同陌路。两相分裂，于是展现无数可能，被无数影视作品用烂了的"失忆"桥段就是利用了这种可能性大做文章，炮制无数"我"与"非我"、"新我"与"旧我"的庸俗故事。而对普通人而言，"记忆"就是人格之一种，精神分裂症不过是多重记忆在相互打架罢了。因此，诗中的"记忆"完全可以理解为一种对"自我"的描绘、怜悯、探索、体味。在第三节中，"记忆"被描述为"胆小""寂寥""琐碎"，实际上是一种自我的审视与观照。前文所推出的哀愁感伤与之形成共鸣和互动，从而制造出自怜、自恋、自我的气氛，这种柔弱寂寥的情绪始终伴随着生命的延伸，因重叠反复而显得气韵悠长。于是，在诗的平铺直叙中，又显得微有波澜。诗人在这里所咏叹的是普遍性的感情、一种难以摆脱的命运，这种青春期式的惨绿人生在诗性气质的人身上延续得往往较长，因未曾沾染烟火气，他们的角质层如神经末梢般敏感，于是就像诗中所表达的那样，必然是"夹着眼泪，夹着叹息"。

这种感伤的情绪执着纠缠、如泣如诉，但"我"并不为此而感到特别的困扰和厌恶。正相反，"我"与"我的记忆"正是一体，故而彼此体谅。人就是这样一种动物，虽然多少存在着内在的歧异与分裂，但大多能持守住基本的平衡。心中虽有波澜，但终不至于吞噬自我，否定其存在。"我的记忆"虽然总是带来情绪的闪击，让"我"陷入低沉寂寥的氛围之中，但"我"对这种情绪的态度其实是赏玩性的，与雷池尚远，因而彼此间总是老朋友，总也不讨厌。

总体而言，《我的记忆》着力于描绘个人化但非极端的体验，纯以对情绪的书写来推动诗歌节奏，风格上舒缓、适中、均衡，具有浓重的抒情气息。在现代汉语远未发达的九十年前，这种实验和创作实绩都是创造性的。

三、石器时代的汽水瓶：陈敬容《雨后》

1932年，15岁的陈敬容与她26岁的老师曹葆华相约出走，逃离故乡——四川乐山小城。未及出川，他们就被愤怒的陈父拦回。两年后，陈敬容再度出逃，跋涉千里、辗转北平，从此五十年不履故土。陈敬容的一生是逃亡的一生，那些依靠——父亲、情人、丈夫，那些身份——女儿、妻子、母亲，那些空间——逼仄的乐山县城、风沙漫卷的兰州，全都是她逃离的对象。而每一次逃离，莫不与诗有关。陈敬容虽然以诗名传世，却在1949年后的三十个春秋里都不能有尊严地写作，待到真正拥有一方属于自己的小小天地的时候，她却已是近古稀之年。诗人死后，骨灰被分为两份，一份归葬乐山，一份葬于八宝山革命公墓。无论生命还是遗骸，总是不免遭到挟持，即便你是个杰出的诗人，而且有过嚣张恣意的人生。虽然诗人在暮年时刻仍然像年轻时一样骄傲，宣称"老去的是时间"，但她到底还是被固定在自己终生都试图逃离的地方。噫吁嚱！人为何哉？

然而，诗人在远古被视为"巫"、诗本身被视为"通神之物"并不是全无理由的，在与时间的比赛中，肉身虽然总是输家，但文字却常常是胜者。诗人把种种非法的才情灌注于文句之中，往往能使其获得永恒的生命。一句诗，可能默默无闻，也可能搅动四海，正如郭路生的那句"相信未来"与北岛的那句"我不相信"，后来都成了时代的燔火与历史的标杆。诗的文字可不仅仅是符号和音义而已，它可以躁动、骄狂、僭妄也可以抚慰、空灵、飘逸。但不管如何表现，诗总是站在上帝之城和利维坦的反面。诗既有狂暴之姿亦有轻灵之态，但不管哪种姿态，终归是在既成秩序的反面开疆拓土。陈敬容的《雨后》自然是不属于前一种风格，这首诗并未试图去嵌入时代的大叙事，而是曲径通幽，在文字的世界里另辟蹊径，寻找一种别样的矛盾，描绘一种人性的紧张。

《雨后》写于1946年，后收入《交响集》。彼时29岁的陈敬容刚刚逃离兰州的家庭妇女生活不久，再一次接触到新鲜的空气，诗情迸发，《雨后》可谓诗人壮年之作。

在《雨后》中，诗人塑造了一个空间与时间交错扭结的结构，细巧精致，同时又充满了内在的颠覆与质疑。这首诗里展现出两种向度，第一种向度是世俗的、空间的、形而下的，第二种则是超验的、时间的、形而上的。诗人并没有操持重量级的意象来冲击读者，也没有刻意通过韵律和节奏的转换来达成形式美，而是利用两种向度的交错来制造对峙与张力，从而形成一种错位和惊诧感，进而使读者产生非协调、不对称的审美感受。

全诗的前两段完全依照空间的向度而展开，作者先是以一种传统的、读者极为熟悉的方式塑造了一个空间——女士披巾一样的"天空"，这是弯曲的苍穹；"树叶"碧绿、丰饶、流动，海一样数量繁多而汹涌。于是故事便理所当然地在这个空间中发展，接下来，"我们"登场，两人亲昵地在前文所建构的场景中行动——在树下避雨、共同观赏云霞和星星，表现"我们"之间的爱情。前两节中的修辞、叙事、隐喻完全都是按照空间的逻辑进行，依照一般意义上的阅读预期与审美惯例，无论叙事还是抒情，都应该建筑在对这一空间的肯定和认同之上。这是诗歌的古典传统在几个世纪以来形成的内在法则，无论《孔雀东南飞》还是《伊利亚特》都隶属于这一传统。而在这一传统之中，空间的合法性与叙事、抒情惯例的正当性都是不可置疑的。

但是，诗人的进一步书写导致了诗歌内在结构的深刻变化，传统的法则遭到前所未见的颠覆和挑战，这也是《雨后》最为重要的特征。在本诗的第三节中，猛然出现了一种时间书写，它的存在是极为突兀的，与诗歌本身的内在秩序形成了尖锐的冲突。也正是第三节的存在，凸显了《雨后》作为一首现代诗最为殊卓的地方。就语言而论，《雨后》尚算不得上品，但就内在的张力而论，《雨后》确实极有内劲，不可不谓别具一格。第三节在《雨后》中的出现可谓横空出世——在上一节中还刚刚是"看黄昏退落，看黑夜进行，/看林梢闪出第一颗星星"，一幅花前月下、郎情妾意的古典景象，接下来马上就是一句"有什么在时间里沉睡，带着假想的悲哀？"紧接着，诗歌的脉络向着时间的维度延伸——"从岁月里常常有什么飞去，又有什么悄悄地飞来？"文情诗意在瞬间就变得旁逸斜出，转向对永恒的质疑、对时移事易的悲哀，诗歌的主题也由此发生了分裂，形成了激荡冲突的审美效果。在古典诗歌中，时间对空间的关系是非挑战性的,正如在《上邪》中所言"我欲与君相知,长命无绝衰。""天地合,乃敢与君绝",或者《长恨歌》中的"在天愿作比翼鸟,在地愿为连理枝""天长地久有时尽,此恨绵绵无绝期",时间、空间、爱情三者是整一的关系,不会出现内在的彼此之间的对立。诗歌的艺术力量在于意象的妙趣、格律的优美、境界的动人。而在《雨后》中,这种整一性关系不复存在,诗歌里出现了数种力量,各自向着不同的方向奔驰。古典诗歌理论讲究的是,你欢喜,外物也看起来是欢喜的;你悲哀,外物看起来也是悲哀的。正所谓物我同一,同情同构。但在《雨后》里,自然景物自有生命,拒绝为人的爱情作见证,而人则被从世界中剥离了出来,倍感陌生。当人面对一个繁复错杂的现代世界,连对爱情的承诺都无法坚持和掌握的时候,诗歌内在的博弈、紧张、对立就获得了合法性,进而也获得了拥有审美价值的可能,在艺术风格上也出现了由整一向歧异的过渡。

而歧异的后果,就只能是反讽性的了。当"我们"在"手握着手,心靠着心"的时刻,"青蛙"对这份在古典时代震惊天地的情感却毫不在意，而只是兀自"在草上跳跃"。于是"我"看到了"大地眨眼睛。"大地不再是那个"山无陵、天地合、天长地久"的大地，它与人已经别无关系——爱情是你们的，甚至你们自己都未必相信它的永恒，这又关大地什么事呢？

陈敬容的诗学理念源自20世纪20年代的欧美现代主义，现代主义的始祖波德莱尔曾经踟躅独行，游荡于巴黎的大街小巷。他深刻地体会到当资本主义的世界到来时人的孤立彷徨，人从未像"现代"到来的时候那样缺乏依赖，于是波德莱尔只能以"凝望"而非参与的方式来看待这个世界。《雨后》中所表达出的诗学立场、审美理念、艺术价值无疑与现代主义心心相印，只是这种观念过于早产，在七十年前战乱方炽、乡土意识仍然居于主流的中国，她的诗就像石器时代的汽水瓶，那么的突兀而诡异。

四、时代与歌者：艾青《雪落在中国的土地上》

读《雪落在中国的土地上》一诗是无法忽略它的写作时间的——1937年12月28日，此时，"卢沟桥事变"

爆发不过半年，但中国的半壁河山甚至首都南京都已经沦落敌手。战争将人的境遇推至极限，于是文学家几乎都不再需要想象了，因为只需要写下事实就已经足够触目惊心。而艾青本人也深切地感受到了战争的阴冷，1937年11月，日军已经迫近杭州，艾青所执教的蕙兰中学也因此而停课。在避居金华半个月之后，艾青举家迁往武汉，从此诗人辗转于湖北、山西、陕西、湖南等地，把自己和诗句都嵌入了时代。漂泊、动荡、悲苦、怨愤构成了这一时段诗歌动脉里的血，凝成了无法擦除的底色。

作家、文学与时代之间的关系是论者笔下经久不衰的议题，要么是时代影响了文学，要么是文章得风气之先，只有作家夹在两者之间，尴尴尬尬、委委屈屈。若是过于听时代的将令，就未免有时代的传声筒之嫌；若是不从于时代的主调，大概就会千夫所指、无疾而死。极少有人能强悍如鲁迅，在横眉与俯首之间流转自如。在《雪落在中国的土地上》中，其实存在着多重的声音，既有"中国"和"黎民"，也有"自我"。而多重的声音意味着多重的感情，在时代的大叙事里，诗人也并没有刻意压抑自己的情感。顺风倒似的服从于时代的情绪其实与捏着鼻子爱自己的伴侣一样虚伪，而《雪落在中国的土地上》所具有的"不虚伪"的品质则滤除了声嘶力竭与虚浮繁华，充分保障了诗歌的艺术质量。

"雪落在中国的土地上，寒冷在封锁着中国呀"一句可视为本诗的题眼，它的反复出现构建起了全诗的基调、韵律和主题。这句诗构成了巨大的控制性力量，召唤所有的词句服务于"雪""中国""寒冷"和"封锁"，"寒锁中国"这一意象的描绘显然具有不可撼动的中心地位，而这无疑代表了时代的主潮。内政的颠颓与外族的侵袭使得"中国"内外交困，对这一境遇的描述、否定、批判则是诗人的天职。捍卫人道关怀与描绘理想世界几乎是每个诗人的应尽之责，而在战争降临的时刻这种职责就更显得义不容辞，于是诗人的笔墨铺陈，以极大的气魄纵览"丛林""草原"和"水乡"。雪浸丛林，但赶着马车的农夫仍然不得不为生计奔走；雪染草原，但人们仍不得不艰难谋生；而在乌篷船里，流离失所的少妇则不得不独自咀嚼战争带来的痛苦。从景观到人物，从静态到动态，无不浸染着一种惨烈凄楚的色调。通过这种宏阔的笔触,诗人成功地塑造了"寒锁中国"的凄凉景观与悲惨群像,由此,诗歌与现实达到了共鸣,并经由这种共鸣而产生了更加磅礴的感染力。于是,个人的情感、个人的话语同时代的情感、时代的话语达成了一致和同步,个人与民族、国家、历史等宏大叙事形成了依附、同构、融合的关系。此时的诗人与诗歌都站在了时代的风口浪尖之上,时代的要求透过短短的诗行得到倾诉和放大,而诗人也避免了游离于时代之外的命运,获得了安全、认同与慰藉。所以,在结尾处诗人虽然是以反问的方式提出"中国/我的在没有灯光的晚上/所写的无力的诗句/能给你些许的温暖么?"看似颇具怀疑、否定、犹豫的特征,但实际上其立场、表达和情绪都是极为稳定的。整体来看,揭示黑暗、表达控诉的时代话语得到了明确、清晰、坚定的表达,"四十年来家国,三千里地山河"式的痛苦宣泄得淋漓尽致。

但是,如果诗中仅有这样一种话语,只有时代的声音,那么诗歌本身的意义就往往会遭到抵消,甚至泯灭个性,完全沦为工具性的表达。《雪落在中国的土地上》之所以能够成为杰作，不仅仅在于涵盖了时代的诉求，更重要的是该诗也从未抹杀诗人本身的体验、情感、立场。所谓"诗人之怒"，绝非止步于怒，而是凸显于诗，否则与村妇骂街何异？在诗中，诗人塑造农夫少妇的同时也没有忘记借助于"我"的口吻来书写自我的经验、抒发自我内心的创痛。而当这种话语和情感叠加于时代的诉求之上，全诗就呈现出更加繁复、隽永的品格。

在诗中，"我"的自我陈述——"我也是农人的后裔""我能如此深深地/知道了/生活在草原上的人们的/岁月的艰辛""流浪与监禁/已失去了我的青春的/最可贵的日子"——暗示了"我"的双重身份。一方面，"我"与"农人""少妇"一样，是"寒锁中国"的受害者，"我"一再宣称："我的生命/也像你们的生命/一样的憔悴呀"。甚至于在某种程度上，"我"代表了"知识阶层"与其他的被压迫者并列，"我"的声音则与其他人的苦难一同构成时代叙事的声部之一。但在另外一方面，"我"又与其他的受压迫者不同，因为"我"是能够发出声音、能够言说的，其他受害者的苦状只能经由"我"的口中得到倾诉与描绘,"农人"与"少妇"的痛苦在这个层面上仅仅是"我"的立场的延伸,甚至于整个时代的痛苦都是如此。这样,"我"就从时代中游离甚至是独立了出来,"我"与时代形成了一种博弈关系、一种言说者与被言说之物的关系。《雪落在中国的土地上》一诗并不仅仅是时代痛苦的写照与历史凄惨的呼号,同时也是诗人并吞时空、吐纳个体情感的表征。在诗中,人与时代因并立而伟大,而这种并立也使诗歌本身显得蓬勃而饱满。情感在个体与时代之间流动传递,而非仅仅是时代的辖制和个人的迎合,于是该诗卓然独立,自成一品。

作为自由体诗,《雪落在中国的土地上》在形式方面颇为散漫,甚至有一种散文化的倾向,但它仍然保持了一定的节奏感与韵律。通过回环往复出现的"雪落在中国的土地上,寒冷在封锁着中国呀",诗人成功地将这种散文化倾向控制在可接受的范围之内,这也是颇见功力的。

本文首发于《江苏文艺研究与评论》2015年第2期。

煎饼姑娘

李黎

南京市第三期"青春文学人才计划"签约作家。1980年生于南京郊县,2001年毕业于南京师范大学文学院,现供职于出版社,副编审,入选江苏省第六期"333"高层次人才培养工程。1999年开始发表作品,曾获红岩文学奖、《扬子江》诗刊年度青年诗人奖等。出版中短篇小说集《拆迁人》《水浒群星闪耀时》,著有诗集《深夜截图》《雪人》。

小李有一天突然开始喜欢吃煎饼,我们对此也没有意见,她喜欢就好,并且鼓励她自己排队去买,我们站在一旁看着。看着一点点高的她站在队伍里或者伸着脑袋看着那个摊煎饼的铁锅,一股浓浓的世俗生活的热情会扑面而来。很多个早晨,她排队买煎饼,我等在一边,然后我们转身去旁边的店里,我吃面条或者其他的,她啃煎饼。等她大一点之后,我付完钱就先行去了旁边的店,有的相隔几米远,有的相隔几十米,但已经不再担心她一个人了。这一代治安不错,有人称之为作案即自首，而小李对道路上的安全极其敏感，可以说胆小。其实等待的时候也还是有点担心的，但我认为，如果有什么问题，那纯属意外，这种意外是任何办法都阻止不了的，你不可能永远不出门，只要出门，只要活着，这种级别的意外就都会存在。每次见她拎着煎饼回来还是顿感放心，会问她要不要来一碗馄饨或者一杯豆浆之类的，很多次她就这么干吃，或许她不觉得干，但想想觉得挺噎得慌的。

小李从来没有完整地吃完过一个煎饼，煎饼对她来说太大了，往往剩下四分之一，或者三分之一，甚至一半，有时候超过一半。煎饼要脆的热的才好吃，她剩下来的煎饼我从来没有吃过，都扔掉了。有时候在上学的车上，她会把剩下的煎饼给我，我放在背包口袋里。有一次，一块将近一半的煎饼在我背包的侧面口袋里放了三四天，被我背着去单位回家再去单位回家，一直在那里。最近几年我一直用不错的双肩包，此前一个是北脸，现在则是格利高里和北极狐一大一小混着用，充满了户外气息和远行色彩的背包并没有把我带到多远的地方，相反，日常生活因为多出很多个功能齐全的口袋而更为妥帖和积极。

　　我觉得总是浪费煎饼很不好,就想出一个办法,让她把煎饼一分为二。煎饼本身是被拦中间切断的,我的意思是让她跟卖煎饼的人说一下,用两个袋子装。看在她是一个小姑娘的份上,绝大多数的时候人家都会同意。这样我吃一半,以往点的大碗面条之类可以减少为一碗馄饨或者鸭血粉丝汤了。这样做可以充分确保一个煎饼丝毫不浪费,充分尊重了煎饼和卖煎饼的人,趁热吃也确实好吃。但我很吃亏,因为小李不吃辣,买的煎饼,就是面加鸡蛋做的皮,放一块油炸的脆饼,再来一根火腿肠,煎饼的精华,那些摆在一边的菜一样都不放,那些诱人的海带丝土豆丝雪菜等等,一概没有,没有辣酱,没有甜酱,还总是吃着她喜欢的玉米味道的火腿肠。幸亏又热又脆的煎饼确实不错,粗粮烘烤后粗粝的质感,还有健康的暗示让我也能接受。我有兴致的时候会怂恿她吃辣,来一点点也行。她不是没有吃过,起码吃过辣条,有一次还龇牙咧嘴地吃了放辣的羊蝎子,说是太好吃了。一天早晨,我把一点辣椒扔在馄饨的汤里,对小李说,快看,辣油放在水里像不像一朵花开了，一朵辣花啊！这么好吃的辣椒你怎么不吃呢？小李饶有兴趣地看着汤里的辣油怎么融化怎么和馄饨混为一体，一直把脑袋凑在碗上面，如果从侧面看，像极了我们两个人共吃一个碗里的食物，或者像两头猪在同一个槽里吃食。对此我提出严厉批评，让她不要凑过来看，但她总是喜欢看着这些事物，好奇心爆棚，两三岁时曾经在路边看一个老人家包粽子不肯走，最后人家不得不送她一个。她现在喜欢看书，到哪里都带着哈利·波特的一本，没有书的时候，就凑过来看着我吃的东西。看归看，辣椒照样不吃。如果她长大后是一个不吃辣的人，而不是那种胃口极重还得意洋洋的姑娘，也挺好的。

煎饼女孩的故事到这里就结束了，可以说什么都没有，没有任何意外悬念感动和悲伤，它所能有的，只可能是它会骤然结束。这件事是骤然开始的，如果哪天因为某个原因结束了，那也就结束了：有一天她和过去一样吃了煎饼，而我不知道她早餐吃什么，我已经不在她身边，并且永远不会在一起生活。迄今为止她大概吃了三十次煎饼，或者五十次，或者一百次，我真的不记得了,这也是这件事有趣的地方,它发生在日常生活之中,日常生活总是会被忽略,让人记不起什么,它其中的小事情自然也是这样。谁记得自己今年剪了多少次指甲呢?平均一下吧,我认为小李目前吃过六十次煎饼。

今年八月小李去外婆家几天,有一天突然很想她,就写了个草稿,这么久过去了,它还是一份草稿,因为小李几天后就回来了,相反,我出差的时间可能比她去外婆家过暑假还要多:

作女儿的鞋子

女儿去外婆家
像是去了另外一个时空
杳无音讯,平行地度过每一天
突然想变成她的鞋子
看看她怎么过一天
说什么话,玩什么
但也仅限于此
永远不会知道另一个人在想什么

哪怕是女儿,哪怕四目相对
也只能平行地度过每一天
俗事让我们交集,因此
要珍惜每一件疲惫不堪的事
旅游,考试,训斥和被训斥

本文首发于《雨花》2019年第3期。

在维斯比的最后一个夜晚

——余幼幼

南京市第二期"青春文学人才计划"签约作家。1990年生于四川,现居成都。2004年开始写诗。出版诗集《7年》《我为诱饵》《不能的风》《猫是一朵云》、英文诗集 *My Tenantless Body*(《我空出来的身体》),*Against Body*(《擦身》)、短篇小说集《乌有猫》等。与戏剧导演、音乐家、摄影家等不同艺术领域均有过跨界合作。作品被翻译为英语、韩语、俄语、法语、日语、瑞典语,曾获《诗选刊》年度先锋诗人奖、2012年"星星诗歌奖"年度大学生诗人奖。

明天我就要走了,趁太阳还没落山,到码头去吃了一个冰淇淋。明天,我又将路过这里,或许还会吃一个冰淇淋,有什么关系呢?这种美好的甜食在所有人的胃中都应该变成快乐的药丸,或是上瘾的药丸。人总是伤心过度,难得高兴。坐在椅子上,两颗白色冰淇淋球在阳光下逐渐融化,我边吃边看到两百米外,轮船已经靠岸,再看一看时间,它马上就要起航了,横跨大海,目的地是:斯德哥尔摩。

我是从斯德哥尔摩坐船来的,不知道是不是同一艘，总之长得一模一样，船身上写着"Gotland"的单词，在海上航行了三个小时，才抵达这座岛屿。中途我上了一次甲板，风大得要把人抬离地面，我双手抓紧栏杆，往下看海水呈蓝褐色，并不那么青春，更像是中年的海水在翻腾。我到达的岛也叫Gotland，它肯定不是碰巧叫这个名字。早在我过瑞典海关的时候，就听到了这个词语。工作人员问我："你到瑞典来干吗？"我说："我来写作。"她好像不明所以，我再说："我是个诗人，来写诗。"然后她问我："是不是去Gotland"。我说："是。"就被顺利放行了。这好像是我第一次用诗人身份过海关，其实用其他理由也能通过吧，但总想尝试点别的，从未尝试过的。

无论如何，我还是来到了Gotland，这座在波罗的海上漂浮的小岛，独成一省，与瑞典其他陆地并不相连。我原本做好了到"孤岛"上被囚流放的准备，没想到一下船就看到了这家非常可爱的冰淇淋店，我对这座"孤岛"的臆想顿时被包裹住了蜜糖，我迫不及待要去拥抱这些甜蜜的分子，直到两周后的今天，才第一次走进去。总之，时间过得再慢，也已经到了今天，一切还算如愿以偿。吃着冰淇淋,看着远处,海鸟在人周围飞来飞去,并不害怕,它们的翅膀载着阳光扇动,显得格外轻巧。轮船终于起航了,明天,它就要把我从这里带走。

吃完冰淇淋,准备返回。回去的路全是上坡路,用一块块正方形石头铺成的,少说也有几百年了,它们看上去一点也不旧,还发出被鞋子反复打磨的光泽。没有一块石头是松动的,它们深深嵌在地里,用力把人往高处推。在路上我发现一个只有手掌一半大小的扳手,不知道是谁掉了的,我想捡起来,却又没有捡,盯了它五秒钟,反复确认它是一个与现代文明无关的扳手,一个远离陆地的扳手,一个野生的扳手,长得和人类的扳手一模一样。因为在这里,每样东西都像是自然生长的,汽车仿佛只是在奔跑的动物。

我绕了很大的一圈,发现这些路我都走过了,我所居住的小镇维斯比确实不大,尽管街巷很多,四通八达,但经常走着走着又绕了回去。一般,我都以镇中一座完好的教堂作为路标,不管走得再偏离,只要看到教堂的屋顶,就能找到住处,因为我住的房子就在教堂侧面的山坡上，我的房间窗户正对着耶稣的雕像，坐在窗前，无数次与耶稣对视，欲言又止，让我一个无神论者常感到坐立难安，心中不禁生出一丝歉意。

教堂的钟声每隔一个小时就要响起，几点钟就敲几次，它刚刚敲了六下，我决定开始写这篇文章。为什么说这是一座完好的教堂呢？因为它是我这两周来见到的唯一在使用的教堂。据说岛上有九十多座教堂，光是维斯比镇上就有四十多座，只是它们几乎都已成废墟，每个废墟都立了块牌子，上面有教堂的介绍。它们大多建于13世纪，传教士来到维斯比，在这里建起了宗教的庇荫和神秘。我很奇怪一个小镇怎么会有如此多的教堂，可见每一种东西的入侵都带着疯狂地占领意识，以多胜少，以强势而攻坚。

站在山坡上，红色的房顶密密层层地挨着，目光扫过一片，便可见那些废墟道骨仙风的样子，一律青白色石头垒砌，残缺的部分更显出一种深沉的毅力，我想它们站得够久、够狠、够孤绝，难以触碰，也难以把它们说成是这个岛上的另类。因为它们非常安静，像从未发生，甚至于它们的存在只是过去的一种抽象阐释，更多的陈述，是我所不能理解的。四周的房屋一对比就略显出稚嫩，尽管它们也已经有上百年的历史，住在房子里的人不知道是什么感受，只是无端生出的迷信，让我感觉他们在和亡灵共进晚餐。

是啊，到了该吃晚饭的时间了，镇中心广场估计也点起了昏黄的灯光。今天的这个夜晚与之前的每一个夜晚没有任何区别。它的起始应该是一顿叫不出名字的晚餐，因为不认识瑞典语，在餐厅里点的是什么也从来不知道。每天饭后，我和朋友会去酒吧要一杯酒，开始我们的夜谈。

夜谈聊了很多，细分下来主题分为：性、情、文学、政治。我们三个女人倚靠在各自的椅子上，在瑞典这个遵从女权的国家，我们的倚靠显出了从来没有的底气。这里是女人的天堂，但未必是男人的地狱，他们各自相安，得到的平等和尊重大于性别差异。他们对待性和情的态度令我震惊，三角恋情是可以被允许生活在一起的，他们对情和性的容忍，道德并不给予评价，制度也不给予约束，一切都以人的意志为中心。只是我还是产生了一丝怀疑，在另一种高度文明社会之中，人们是否受到了比自私还可怕的压迫,这种无形的压迫来自——理性,如若不包容,如若不表现出大度,就是"政治错误",我甚至怀疑这是强大理性对人造成的扭曲,只是在文明构建的认知下,这种痛苦化作了沉默或是隐身了。我问了谈论这个话题的朋友:"他们痛苦吗?"她回答:"或许吧,但这是他们认为解决问题的最好方式,因为不在一起更痛苦。"这个答案同样令我不置可否。我想到最好的解释就是,我们每个人都有对自己生活的支配权和选择权,这种权利应该是高于理性的,我想不管是从感性的一面还是理性的一面,我们不仅要让自己活得像个人,更要成为不那么痛苦的人吧。在痛苦中,我们或许已经迷失了太久了。

当我说出这种话的时候,我不否认,自己并没有那么快乐。从一个苦难的地方而来,多少沾染了它的凝重。我们讨论了政治,但很多声音是多余的。我讨厌政治,从绝对到相对,这种讨厌是我没有办法解决的问题,你不能排除那些总爱玩儿游戏的人,就像我们总爱写诗,总爱讨论文学。我到瑞典的这段时间,正值他们大选之际,各个地方都挂满了宣传海报,政治气息很浓烈，有的还被反对者涂上了奇怪的图案，竞选者的头像被画成丑陋的样子，那些海报在空中悬着，飘来飘去，看上去倒也是自由自在的，我觉得他们的涂抹很好玩，忍不住大笑了起来。

维斯比支持某一政党的活动倒是一天也没有停止过，支持者在城外拉选票，被厚重的城墙隔离在外，城里十分安静，没有一张海报，也没有一句声音。我时常走在街上，感觉全世界就只有我一个人。人不知不觉就走到了海边，也许只有大海可以包容一切声响，我朝它掷了一块石头，只听见扑通一声。

太阳沉落海底之前，云里像是浇灌了岩浆，红得滚烫，仿佛天就是被它烧破的，温柔的时候它又是粉红色，捕捉不完的情绪在维斯比的黄昏溢满了天空。黄昏的另外一边是我的房间，我在里面写作了两周。写了一些诗，而写了更多让我困惑的东西。从今年开始，我完全成了一个靠写作为生的人，我敲打的每一个字都和生活捆绑在一起，没有那么多自我，也没有那么选择，但正因为此，我才成了我，才有了选择。我没有后悔过我的任何一次决定、疏离、放弃，任何一次坠落过后又把自己捡回来。幸好……

我还是幸运的,尽管我的命运依旧连接着那块土地,我所写的每个字还是为了回到那里继续生活下去,唯此,再没有寄托我痛苦的地方。唯有痛苦之地,才可能存放我们自己的噩耗,唯有沉沦之地才可以淹没我们的身躯。我想,别无他处,更没有第二个地方与我同生共死。

当钟声敲到第九下,再次遥望教堂,它的尖顶已经戳破了晚霞,抵到了暗夜的天花板。正是在这块黑色的幕布背后,星期五所有节目都即将上演。可是,我已经来不及参与其中。

本文首发于《散文诗世界》2019年6期。

许先生与青皮橘

庞羽

南京市第三期"青春文学人才计划"签约作家。1993年生,中国作家协会会员,毕业于南京大学。曾在《人民文学》《收获》《十月》《花城》《北京文学》等刊发表小说40万字。曾获第四届"紫金·人民文学之星"短篇小说奖、第六届紫金山文学奖、《小说选刊》奖等奖项。有作品被翻译成英文、德文、俄文与韩文。已出版短篇小说集《一只胳膊的拳击》《我们驰骋的悲伤》《白猫一闪》《野猪先生:南京故事集》等。

许先生去世已经好多年了。

她是我的外婆，也是一位小学教师，故乡的人都称教师为先生，她走了之后，我也就叫她为许先生。这么多年，我都已经忘掉了家乡话，忘掉了我留在那里的部分童年，然而，我还是忘不掉那一个青皮橘。

那时许先生老是咳嗽，家人都担心她的身体状况，没过半年，父亲就因为工作关系要调到外地，许先生没有说什么，就像平常一样，简简单单，油盐米醋。只是我在镇上小学上学的最后一天，我正在听数学课，班主任把我叫了出去，没想到是许先生。她手里拿着一根冰棒，脸上笑得如一朵大丽菊："孩子，来，吃冰棒，你最爱的香芋味。"多年以后我才知道，那是许先生听见学校外面有吆喝声特地跑出去买的冰棒，那时她的腿脚已经不方便了。每每想到这件事，我总是潸潸然，哭得不能自已。

离别的那天,我的嘴里还是冰棒的香芋味,刚上卡车,我就闻到了浓烈的汽油味,难过得干呕。亲人们在车窗外纷纷向我们道别,司机要发动引擎时,人群里传来了熟悉的声音:"司机,等一下发动,等,等我一下!"然后我看见许先生努力地在马路上飞奔向远方。我只记得,远方是青色的。

不远处一个身影在颤动时,天空还是青色的。许先生终于一步步跑到了车窗前,把一个青皮橘塞到我的手里,"孩子,一路上闻这个橘子,就不会晕车了。"我只感觉到眼眶热热的,说不出话来,只是不停地点头。卡车终于开动了,许先生离我越来越远,青色的天空也越来越远。

那是一个刚摘下来的青皮橘,有脐,还有叶。我不舍得把叶子去掉,也不舍得丢下所有的记忆,随着车子走向那灰色的天空。我把橘子紧紧搂在怀里,甚至都不舍得闻一闻。也许这青皮橘真的神奇,那一路,我没有晕车。

在异乡工作是辛苦的,家里没有什么积蓄,所以一切从简,我两年都没有回乡。在偶尔的电话里听见许先生的声音，我越发地想那青色的天空。第一次回乡后我才知道，许先生半年前就患了老年痴呆症。

那天，我看见了青色的天空，也看见了总是抬头望天的许先生，她时而笑笑，时而落几滴泪，安安静静，不吵不闹，像一个乖巧的婴儿。我凑了过去，小声地问许先生："外婆，还记得我是谁吗？"许先生没有说话，只是哈哈地笑，眼部皱纹泛起，像一朵涟漪。我急得快哭了，许先生却拍拍我的肩膀，"这是谁家的孩子，不要哭啊。"我转过身，不让她看见我的泪。

在故乡的日子是湿润的，里面掺杂了过多的盐分，而我就在痛苦和安详里游泳，不知疲倦，恍若一条冷暖自知的鱼。鱼有记忆吗？如果它有记忆，那它是不是整天活在自己的泪水里呢？我不知道，但我知道，我对许先生的记忆，永不会变。

许先生依然不认识任何人，但我们喂她吃饭时，她总是尽量不流口水，在门口乘凉，看见我们进进出出，只是微笑，点头。

许先生的病情一天天加重，她已经不知道椅子怎么坐了，而且她还有很多慢性病，看着她在微笑里受苦，我们只有抹眼泪。

相聚总是短暂的,我们又要走了,许先生自始至终都没有认出我。我走出家门,看见了青色的天空——电光石火的一刹那,我想到了!于是我放下行李,跑到巷子头的橘子树上摘了一只还没成熟的橘子。

"许先生,看!"我双手握着橘子,跳到她跟前。许先生看了好几秒,我看见她的眼睛亮了,随之有晶莹的液体在闪动。"孩子?"我的心猛地一跳,极其兴奋地说:"你记起来了?"然而她没有回答,只是一把抢过青皮橘,搂在怀里。"宝宝乖,宝宝乖,有了青皮橘,就不晕车,不晕车了哦。"我强忍住了泪水,我记得一直到我离开故乡,许先生都一直把青皮橘抱在怀里,紧紧地。

那也是我最后一次见到她。

也许,很多年以后,我也当了外婆,我会讲一个故事给我的外孙女听,那个故事里,有许先生,还有一只,青皮橘。

本文首发于《扬子晚报》。

龙门的哭泣

房伟

南京市第二期"青春文学人才计划"签约作家。1976年生于山东滨州,文学博士,教授,现执教于苏州大学文学院,中国作协会员。在《收获》《当代》《十月》《花城》等发表长中短篇小说数十篇,数十次被《小说月报》《小说选刊》等刊转载,有长篇小说《英雄时代》《血色莫扎特》、中短篇小说集《猎舌师》等,曾获茅盾文学新人奖、百花文学奖、紫金山文学奖、叶圣陶文学奖等。

2020年夏天，注定不那么平静，疫情狡猾凶险，老家山东也频发教育丑闻，农家女上大学被顶替，网上群情激昂。我们之所以痛恨偷取别人人生的家伙，是潜意识里有一个观念，考上大学，就是精英人生，没有大学文凭，就是失败者。社会的确存在这样不断制造"失败恐惧"的氛围。

不得不承认，很多时刻，都是环境改变人，而不是人改变环境。我们所谓努力奋斗，不过是趁势而起，颓废潦倒，也不过是随波逐流。我们必须学会原谅自己和他人,这不是无条件宽宥,或糊涂大度,而是某种情况下,肯定人生的价值。我在一所高校任教,每年大一都能见到很多雄心勃勃的孩子,他们高中时是"优等生",一年下来,雄心勃勃却转换成懒散与自暴自弃。对知识的好奇心,对未知世界的探索之心,都慢慢消散了。这种"反转"来源于内心的恐惧。他们害怕被否定,他们亲眼看到高中时代那些"不优秀的孩子"被否定的人生。他们不想成为失败者,他们要成为风光无限的"后浪"。但"否定"一旦真的袭来,他们也就很快倒下,毫无抵抗力。

不是"后浪"才会这样,在我的高中时代,已是这样了,甚至更加残酷。

一、不能考试,不如去死

他是东北人。他有个姐姐,也是学霸。家里穷,父母只好把他送到油区的爷爷那里。父母疼爱他,90年代的东北经济凋敝,远不如油区的日子好过。

可他不这么想。他感觉被抛弃了。我一直无法忘记,他黝黑的脸庞,郁郁寡欢的神色,以及唇边那撮早熟的、茸茸的胡子。他穿着寒酸，就是洗得发白的旧军装，身上有咸菜的味道。他不善言辞，性格孤僻，没什么朋友。他习惯坐教室后排。课间，大家出去玩闹，他呆愣愣地靠着窗，痴痴地望着外面，阳光洒在那张黑脸上，仿佛金粉掉落在了煤堆，总有些触目惊心的味道。大家不和他玩，很少和他说话。

他很穷。矿区中学较艰苦，但比起西部和东北，还要好很多。我们十八个同学，住在一间由教室改成的大宿舍。大家闲暇时谈得最多的，就是女人和美食。舍友有的家庭条件不错，常带来简装大包方便面，没有包装，只附带一个个小袋调料。当方便面的香气，飘散在空中，四周都是吞咽口水和肚子咕咕叫的声音。有时大家睡不着，就各自吹嘘吃到的美食，用嘴炒菜，最后的结果，当然是越来越饿。他极少参加这种无聊的活动。他的伙食，无疑是最差的。他从不买菜，打一碗免费的西红柿鸡蛋汤，买几个馒头，就回宿舍吃。他的主菜是一成不变的萝卜咸菜。他一声不吭，默默吃着饭，好像吞咽下的不是粮食，而是一块块坚硬的石头。由于长年没菜吃，他的嘴角，长满大大小小的烂疮，看起来吓人。我想请他去校外吃拉面，被他拒绝了。他嗫嚅了半天，说，没办法回请我，占便宜不好。

虽然他又穷又土，但成绩非常优秀，尤其是物理。我就读的中学，是油田几十个矿区仅有的两所重点高中之一，他能插进来，说明他在老家学习就非常好。他第一个学期，就考了班上前五名。此后，常年待在全班榜首位置，只有极少情况，考不进前几名。他喜欢物理，我们班主任兼任物理老师，也很欣赏他。他用很低价钱，买了一些小元件，组装了一台大功率收音机。他比我们起得早，睡得晚，每天熄灯号前半个小时，他泡着脚，闭着眼听一段收音机流行歌曲，这大概是他唯一的享受吧。高二分科，我去了文科，他留在理科，但我们还在一个宿舍，他还是一如既往地优秀。班会就是他的高光时刻。班主任会把他拉出当例子。他垂着头，黝黑的脸会浮现出红晕和谦逊笑容。这大概是他唯一开心的笑。他理想的本科院校，是北京航空航天大学。他想要造飞机。我问过原因，他说，喜欢飞翔的感觉。

高三上学期，他的好运到头了。他的成绩不断下滑，不断受到老师批评。一次，我们晚上聊天，正聊得高兴，他突然暴怒地呵斥，不要说了！说完开始号啕大哭。我们不明所以，后来才了解，他的姐姐，考上了东北师大，拿走了家里所有的钱。父母的意思，是让爷爷负担他上大学的费用。但爷爷只是普通职工，身体不好，常生病，退休金也少，还要照顾他三个叔叔家里的小孩，没有能力支撑他上大学。僵持了一段时间，父亲决定，让他去考职业学校，学门技术出来挣钱。他的大学梦，还没开始，就要破碎了。他很焦虑，不仅成绩下降，还经常自言自语。一天晚上，他很晚没回来，我们出去找他，发现操场的一个角落，他砸碎了自己的收音机，并用冰冷的铁榔头，敲烂了虎口。白森森的骨头茬，殷红的血，空洞的眼神，都在诉说着他内心的极度痛苦。我们都被吓坏了。班长自告奋勇，到学校反映，给他发动捐款，也被冰冷地拒绝了。他说，君子不用嗟来之食。

过了一段时间，他跳楼了，这是有征兆的。一天晚上，半夜尿急，爬起来上厕所，看到他呆呆地坐在床上，喃喃地说，不让我考试，我就去死。我安慰了他几句，也没在意。他自杀未遂，成了一个高位截瘫的病人。班主任阴沉着脸,讲述了他的故事。他从四楼跳下,被二楼搭出的违章建筑预制板隔了一下,人没死,但胸部以下失去知觉。他将终身瘫痪。

我们给他捐款,也买了鲜花,去医院看望。他还是一如既往地冷漠,只是缩在被子里,在被单中露出那双绝望的眼。小护士们对他也很不耐烦,嘀咕着说,要死也不死得彻底点,年纪轻轻,躺在床上一辈子,害人害己……

我第一次见到了他的爷爷,一个弯着腰的老人。他也有一张黝黑的脸,他不断咳嗽着,抚摸着孙子的脸庞,手在不停颤抖。

这一幕深深刻在了我的心上,几十年不能忘却。他的悲剧,也许不过是那个年代贫困高中生的个案。对于当年的贫困生来说,高考是改变命运的唯一途径,他梦想在蓝天翱翔,可那只梦想的风筝,最终断了线,一去不回。他只能在青春的黄金时代,以折翼天使的姿态,接受命运的摆布和凌辱。我不能想象,他在高处凌空一跃,当他背对世界,所有的屈辱、痛苦和绝望都解脱了吗?他是否体验到了自由飞翔的快乐?

二、"翻泥浆"的比尔·盖茨

很多人心里,"大学"拥有着知识与权力结合的合法道德光环。社会对个人的敞开途径越少,个人向上流动的渠道越少,竞争就愈惨烈。大学与知识本身,就更会变成门槛式"准入机制"与"筛选机制"。毫无疑问,它也制造阶层的区隔。

1975年7月,不务正业的大学生比尔·盖茨,和朋友保罗创建了微软公司。1976年,他决定从顶级世界名校哈佛大学退学。他说:"我再也不能避而不见了,我必须在学业和事业之间决定取舍。"也是那一年,油区中学"明星学霸",我的师兄,出生在一个中国工程师的家庭。他的确是一个厉害学霸。他在初中读高中课本,高中开始自修大学课程。他门门功课优秀,不存在偏科,只存在优秀和更优秀的学科。他常将老师问得张口结舌,他的围棋水平很高,在我们地区罕见敌手。他是省计算机竞赛、省奥数竞赛一等奖获得者。高二参加高考练兵,就达到山东大学录取要求。他是个白净羞怯的少年。他有妹妹和弟弟,智商和名气远不如他。妹妹和我是同学,是一个上课爱睡觉、平时也打瞌睡的女生。她考上了浙江大学电机专业，后来成了工程师。弟弟的成绩也不如他，几年后考上清华大学。师兄是学校的骄傲。校长认为，师兄肯定能考上清华或北大，成为科学家。他特别痴迷于计算机，学校机房那几台386微机，被他当成宝贝，校长特许他随时使用机房，搞编程和测试。

有关师兄，有一个传说。一群流氓，手持匕首和刮刀，闯入宿舍敲诈勒索。这对我们来说是家常便饭。流氓们闯进了师兄的宿舍，他们很惊诧，因为其他同学都惊惧地躲在一边，只有师兄聚精会神地读书。问清楚他的姓名，歹徒们肃然起敬，原来他就是"希望之星"，未来的伟大科学家！痞子们静悄悄地退出宿舍，领头的那人，拍了拍师兄，说，如果有人敢欺负你，就报高大头的名字。"知识就是力量"。肥皂剧《武林外传》，吕秀才用一张嘴逼死了大盗姬无命。现实生活中，师兄靠帅呆的"读书姿势"，就劝退了十几个古惑仔。

可惜，很多故事，有美好开端，却难有美好结局。师兄太痴迷于精神世界，对社会非常隔阂。他习惯父母让弟弟妹妹为他的生活"让路"。家里，他吃穿都是最好的，只要他想要的，父母想尽一切办法满足他。学校里，所有人对他爱护有加，包括打开水的管理员。体育老师也为他不上体育课开后门，这也造成他身体孱弱。校长尤其重视他，班主任训斥他几句，被校长臭骂了一顿。可是，他不能遵守学校规章制度，尤其是作息制度。他要在机房待到很晚，才回宿舍睡觉。一次，他凌晨才回来。宿管阿姨给他留着钥匙，就放在花盆底下。他拿了钥匙，刚走进宿舍，就被巡夜的保卫科李干事发现了。李干事喝了不少酒，也没看清楚是谁，上去就是一顿胖揍。师兄被打了几个耳光，鼻子冒血，当场昏倒。

师兄醒来，已在医院中了。父母和校领导赶过来慰问。他的目光平静而麻木，却少了往日的灵光。校长让李干事给他道歉，他不理睬。父母和他说话，他也不回答。他的伤势不重，主要是头磕了一下。十几天后，他出院了，所有人都发现了问题。他拒绝上课，上课就露出头疼欲裂的表情。他不能参加考试，会冒冷汗，手发颤。父母心急如焚，带他去了几个大医院，都说精神受到了刺激，要慢慢修养。校长给他办了休学。他在家中住了半年，父母带他去了不少名胜古迹散心。他渐渐好起来。半年后，他回到学校，还是不行。他没法让注意力集中，晚上常失眠，还伴有狂躁。

师兄退学了。这个天赋极好的未来科学家，折翼于李干事酒气熏天的手掌之下。校长痛心疾首。很长一段时间，我不能理解，师兄为何迈不过这么简单的事？我从小挨父亲打，皮带与棍子是我的好朋友，跪搓板，顶尿壶，也是常有的"运动项目"。上了初中，因为成绩差，也常被老师体罚，这点打击算啥？我将原因归结于天才超乎常人的敏感。

师兄的父母托人将他弄进油区泥浆站，成了一名工人。我很难想象，我的学霸偶像，才华横溢的少年，在泥浆站能干什么。高考结束，我去看望师兄。在泥浆站脏兮兮的办公室，我看到了他。他穿着工装，已变得平静，对很多事也想开了。他听说我考文科，饶有兴致地和我谈论文学、宗教与哲学。他告诉我，业余时间，他对文科知识产生了浓厚兴趣。师兄还说，当年他常深夜返回宿舍，多次遭遇李干事诘问。重点高中管理严格，李干事彻夜巡逻，维持秩序，也要处理溜出宿舍，不遵守制度的学生。那些学生大部分去录像厅看黄色录像，或打台球，吃夜宵，躲在某角落搞恋爱，像师兄这样的学霸，真是凤毛麟角。抓不守纪律的学生，这里也有学问和油水。师兄的存在，是对他们的极大挑战，几个大巴掌，其实早有预谋，只不过，李干事没想到，学霸这么弱，根本不经打。

多年后，想起师兄的事，觉得这与他过于顺利的"真空环境"有关。师兄把知识看成一个美好世界，认为现实世界也是这样，他不了解，对知识的尊重，有时并非起源于对知识本身的热爱，而是对知识背后潜在权力秩序的尊敬。你学习好，就可能"飞跃龙门"，成为资本和权力的精英。李干事们，不能尊重这种潜在因果链，要求将利益提前变现，才导致冲突，并给师兄揭破了现实真实面貌。师兄无法面对这种挫折。因为他没想过，挫折的原因，不是他不够优秀，而是他的优秀，某种程度上对其他权力规则形成了挑战。

缺乏上升渠道的社会，龙门是巨大而无法回避的存在。它给予跳进龙门的人，无数机会与诱惑，但龙门不等于一切，龙门内也有无数杀机。师兄即使顺利进入名牌大学，能否拥有成功，还是未知数。比尔·盖茨退出哈佛大学，但这不妨碍他开创微软帝国。而退出高中的师兄，虽然天赋很高，但泥浆站不过是另一个体制内，他能否逆袭人生，实现梦想？

我不知道。大学毕业后，我们再也没有见过。

三、谁说没有灯就不能学习？

重点高中的住宿管理都很严格。处于青春期的孩子，叛逆情绪重，老师也很头疼。现在的高中生，家长条件好的，就在学校附近，给孩子租房子，而90年代，这种情况还很少，学生大部分住宿，且管理方式是半军事化的。晚上十点半熄灯，早上六点起床，雷打不动。保卫科会巡查，发现未熄灯的宿舍，会严加申饬，到点未回宿舍的，要受到惩罚。但是，学习时间，是超越别人的重要保证。所以，很多学生都想方设法多学一点。有的学生在宿舍里，打着手电，蒙在被子里看书。有的同学躲在厕所隔间，用应急灯阅读。有些要强的女同学，在这方面更加极端。我的一位女同学，把头伸进学校的木质柜子，点上蜡烛学习，结果因为打瞌睡，引发了火灾，她也被烧伤，差点毁容。

还有一个瘦瘦小小的女生，习惯于在二楼与一楼之间的走廊灯下读书。记得冬天的一个夜晚，飘着小雪花，夜很深了，我被尿意憋醒，爬起来上厕所，发现走廊的声控灯一闪一闪的。我悄悄走过去，发现那个瘦小的女孩，正高举着一本书，微闭着眼，摇着头，嘴里念念有词。她正在疯狂背诵着，声音时高时低，时大时小，寒风在窗外呼啸，一片又一片的雪花，从玻璃钻进来，咬住她的衣服和头发。女孩在瑟瑟发抖，她尽力抓着那本书，好稳定住身体和情绪。我当时并不怀疑，她在和神祇沟通，她是一个学习的"巫"。

我们的这些违规手段，当然难逃保卫科的火眼金睛。他们掀开被子，将我们这些囚徒的糗态公之于众。他们在厕所抓住我们，将我们带回保卫科讯问，有的甚至给予记过处分。我当时想不通，为啥保卫干事对学生这么仇恨？如果说，他们为了安全考虑，减少学生出校的风险，更好促进我们学习，这可以理解，但是，为什么要难为那些千方百计多学一点的孩子？难道一个人喜欢学习有错吗？就因为他不遵守作息规定，就有权力扣留他,审问他?为什么不能人性一点,提供一间通宵教室?

后来,我才想明白,这些不守规矩的人,给很多人谋利提供了便宜条件。为了和保卫科斗智斗勇,我绞尽脑汁,想出一个好办法。宿舍离教室很近。我们的教室,通常是9点半结束晚自习。我悄悄地锯断了一楼某间教室窗户的一根铁栅栏。窗户是破的,也挡不住人。平时我就把铁栅栏安在那里,好像完好无损,等到用时,就移开钻进去。下晚自习,我会马上赶回宿舍,抓紧休息。宿舍里,是10点半熄灯。熄灯后半个小时左右,有保卫科过来巡查。一只只强光手电,在窗外不停滑过,仿佛是监狱里恐怖的探照灯。大约11点左右,保卫科巡查后,我会悄悄爬起,溜出宿舍,来到教学楼,偷偷钻回教室。我在抽屉里,藏了不少蜡烛。等到了教室,我点燃蜡烛,小心翼翼地看书。我通常偷偷学到12点半,再潜伏回宿舍睡觉。而在宿舍后窗,我同样锯断了两根铁栏杆。这样,我就可以无声无息地潜回,而不被保卫科的人抓住。

然而,令我难忘的一幕出现了。当我的蜡烛亮起,我突然发现,教室的门被一点点地推开,摸进来几个幽灵般的影子。他们也蜷缩着身体,鬼头鬼脑,然后,他们也点燃一根根蜡烛,我才发现,那些不是鬼,是我的同学。我的好主意,他们早发现了,就连那根被锯断的栅栏,他们也洞若观火。忽明忽暗的烛火下,我们的脸,都变得模糊不清。我们相视而笑,彼此的想法都已经了解。漆黑的教室,亮起点点蜡烛,仿佛是天幕之中的星星。不一会儿,教室就只能听到翻动卷子或书本的声音了。

很多年了,我无法忘记那间漆黑的教室,那些卑微而充满希望的烛光。

四、六中,北大,哥伦比亚

90年代,文学青年还有着"残存"优势。初中时我写过古体诗词和散文,上高中我迷恋上了现代诗。发表作品,收到稿费后,我在同学们的眼中,变得不同了。那是一种敬畏与羡慕的神色。我习惯穿风衣,围着白围巾,面无表情地行走在校园。那种傲娇的范儿,让我的虚荣心膨胀了。我还收到过不少读者来信,有的是女生写的，整张纸印满了心型印记。

　　但搞创作对高考没有实质性帮助。语文老师对我的态度很复杂。一方面，他喜欢我发表文章，为班级和他扬名；另一方面，他认为，我的语文成绩不行，特别是作文。高考作文，要求文通字顺，说理清晰，观点鲜明，论证严谨，思考问题深刻，角度新颖，外加灿烂修辞，通常能博取高分。我对此深恶痛绝，等到自己当了大学教师，参与高考阅卷，也明白了出题者的苦心，太过文学化的表述，不好衡量，也较难以判断，因此，修辞性替代了文学性。高考作文题的难度，往往在逻辑盲区的设定，及论说部分的难度。

　　初中开始，我常参加作文竞赛，但我不喜欢那种方式。我身边那些通过作文竞赛，被加分或保送的同学，没有一个成为作家。我的阅读很杂，也喜欢天马行空地写东西，写爱情诗、报告文学，或抒发个人情感的小散文。临近高考，我还写了一部十万字左右的报告文学《上升中的坠落—当代中学生忧思录》，获得了省级奖励。我当时最喜欢《中国青年报》的冰点栏目，很多文章现在仍记忆犹新。我最想当记者，高考第一志愿是山东大学新闻系。

可我的语文成绩,不过中上水平。语文老师不喜欢我。我总有些野狐禅味道。"搞好学习,上大学再弄那些闲篇"。语文老师告诫我,指责我,有次我在作文中引用尼采的话,也被他教育了一番,说小小年纪,不要思想出问题,尼采是反动文人等等。但我抑制不住写作热情,就像吸毒上瘾,乐此不疲。这的确耽误了很多时间。

高中时期,我印象最深的,其实是外语老师与数学老师。这两门课,我的成绩都很差。我的英语老师,是一个非常洋气、可爱的女老师。她后来辞职,去南方外企当了翻译。我的两任数学老师,对我都不错,这让我非常惭愧。因为我的数学成绩,实在难以启齿。我的第一任数学老师刚大学毕业,善良朴实,我生病时,他到宿舍看望我,给我补课。后来,他考上研究生,离开了学校。高三那年,学校高薪聘请了一位曾任教于省重点中学的特级教师。他已退休,头发花白,精神矍铄,笑眯眯的,一副精明能干的样子。

我听说过你,喜欢搞创作,很好!他第一次见我,大声对我说，要做喜欢的事，就一定要了解前提。你的前提，就是考上大学，才能安心搞创作，而文科的数学更重要，文科生数学普遍不行，得数学者得文科！

　　老教师用浓浓的家乡话，让我领略了逻辑的魅力。他幽默风趣，深入浅出，擅长将复杂的数学题，用意想不到的方式解开，条分缕析，清晰明了。讲解枯燥的几何题，他在黑板上画画，甚至模仿话剧演出，那是能让你听得大笑的数学课。我有点喜欢数学了，那是方法和规则的世界，也有很多趣味，并不亚于诗词歌赋。老师常以他在的"江北第一名校"山东六中（即菏泽一中）为例激励我们。六中流传着一句话，六中，北大，哥伦比亚，说是上高中就上六中。上了六中，就要考北大，上了北大，就要励志去美国哥伦比亚大学留学。那才是真正的学霸人设。据说很多省六走出的名人，都是这样的人生轨迹。他在上面眉飞色舞，我们在下面听得心花怒放，心驰神往，明知自己不是学霸，但依然很快乐。少年应该有"胡思乱想"的权力。老教师还举出他的大儿子为例，这位"人生赢家"，当时正在哥伦比亚大学读硕士。我的心思，早已飞到了遥远的哥伦比亚大学……

虽然我的高考成绩不好，没有走上老师指出的赢家之路，但我的文学梦想，的确是数学老师提供了有力支持。我希望用好的创作，感谢那位可爱的数学教师。他让我晓得，智慧是好的，快乐是好的，这无分文理——即使我们没有考上北大和哥伦比亚大学，也可以体验到那种对未知美好事物的想象。

五、龙门的哭泣

我在老家的书橱，至今收藏着一个粉红色的硬皮日记本。

那是高中毕业纪念册。大家都有类似的本子，彼此互相留言。高中毕业后，有的同学我再也没有见过。短暂几年里，有的同学相交很深，有的则话都没说上几句，但临别之际，我们依然感到了一种无言感伤。每年春节，我回老家都要翻出纪念册看看，想想同学们的样子。

高一那年我发高烧，几位同学骑着自行车，赶了半夜，将我送回家休养。相传在那条偏僻乡间小路，有流氓劫道谋财。同学们每人带了一把刀，一路上，汗浸湿了他们的后背,也洒在了握着刀的手上。到了我家,他们放下我,连水都没喝,又赶回了学校。高二的一天傍晚,我爬墙出校门租小说看,从墙上跌落,脚被草丛的闸门扎穿,鲜血灌满了白球鞋。由于失血过多,人有些昏迷了。还是我的同学们,一路飞奔,背着我去医院,我这才没有落下终身残疾。这些往事我一直记得,那份珍贵友谊,是我永远的精神财富。

然而,高考发榜的红纸,将我们隔离开了,以至于慢慢地,相忘于江湖。我高中时期学习不好。分文理科后,才慢慢赶上。几次摸底考试,我在油区高中文科生中排进前一百名,这个成绩,可以考上本科,但重本肯定没戏。发榜那天,我听到一声欢呼,我的一位女同学,平时从没有考过我,这次居然比我高几十分,上了一所不错的本科大学。我仔细揉揉眼,这才发现,我的成绩不理想,只能上专科院校。

泪水模糊了双眼。我不相信这是真的。我是失败者了。我踉跄走出人群,竭力控制着自己。我很快听到几位同学的哀号,接着是哽咽哭泣。那是一种发自胸腔,喷薄而出的哭泣。我也不敢回头张望,因为我害怕自己也会加入哭泣的队伍，我慢慢地在街上走，无精打采。我不想回家，不想再听到什么高考的消息。我选择去同学家里玩，在那里住了几天。那时通讯不发达，父母等不到消息，也联系不上我，以为出了什么事，他们一个接一个给所有同学家里打电话，终于找到了醉醺醺的我。我只是说，要复课，再考一次。提议被父母否决了。他们觉得专科也是大学，虽不是大本，也还不错。我只能勉强去了那所学校。转眼，几十年过去，高中同学也建了微信群，但联系不多，更难得聚会。今年五四青年节，有位高中同学找到了珍藏多年的照片，那是1992年5月3日，我们班在泰山的合影留念。那时的我们，都是如此青涩。岁月沧桑而过，同学们有的家庭幸福，财富惊人；有的离异独居，生活困难；有的奋战官场，有所成绩；也有些像我这样，当了教书匠。

好几次在梦中和同学们相聚，大家欢声笑语，回忆往昔，宛如少年。我犹豫着将同学聚会的想法和当年的班长讲了。班长叹着气说，不是不想聚，说什么呢？混得好的同学，还想和同学见见，如果不如意，可能也不愿见。毕业二十年纪念那年，有位同学热心张罗，当时很热闹，但几天过后，那位同学就开始给我们推荐各种保健产品。

我不得不承认，我们再也不是那些在纪念册上认真写下祝福的单纯学生了，身处成功学的社会，"优秀"还是"不优秀"，是一条细细红线。它杀死了友谊，杀死了青春美好记忆。红线里面是各种标准：学历、财产、地位、相貌、车子、房子……它把人分为三六九等，它让人心生歧视与自恋，它让人冷酷势利。成功精英是什么感觉？大概率是得到肯定与认可，是一种对失败的区分度，即便死亡，也会"重于泰山"，而不是"轻于鸿毛"。然而，就是最不起眼的鸿毛，也是活生生的鸟身上的毛，那翎子上也还带着血迹。

和班长通话后，我的梦中常出现那座"大龙门"。它高大巍峨，庄严肃穆，但它不是金色的，而是血色的。无数鲤鱼，拼命挣扎着飞越而过。少数翻越成功，很多鱼却摔落在门前，鲜血淋漓，痛苦嚎叫。它们带血的鳍，伸向天空，仿佛一只只绝望的手。难道仅仅高考是人生的龙门吗？职业，财富，房产，都是一道道无形的龙门，不断对我们进行区隔，将我们划分为LOSER

与SUCCESSOR两类人。我们可能在某个时间段是成功者，但在人生下一站，可能很快滑落为失败者。

我们习惯了自省性反思。这无疑是对的。但一遇到挫折就自责自贬，除了扭曲人性以迎合不公正，它也强化了自卑与恐惧。对成功妨碍最大的，也许正是那些身处于失败恐惧之中的心态。我们必须承认，"不优秀"也是一种权利。有尊严地活着，快乐地活着，不贪图富贵权势，不为追求"优秀"丧失人格，恪守做人做事的底线，体面地追求平静的人生，我不觉得这是一种失败。普通人也有权追求美好幸福的人生。真正的失败，或许是不断复制失败逻辑，在自卑与自抑中仰望权力，渴望被资本和权力垂青，甚至不惜扭曲人格，放弃底线。如果不能安顿心灵，即便腰缠万贯，身居高位，恐怕依然会被失败的恐惧所笼罩。资本培养狂人，而权力豢养伪君子。不能宽容失败者的社会，也最终变成伪君子和狂人盛行的虚假社会。

社会如此渴望"成功"，以至于我们看到太多"成功学"新闻或文艺作品："某男街头贴膜收入过万，某外卖小哥月入三万，某学渣逆袭考入985高校，某少女逆袭嫁亿万富豪，青铜女婿入赘豪门反转成王者……"这种"成功学"刺激，使得人们时刻陷入"不能失败"的恐惧之中。无法宽容失败，正视平凡，就无法保持正常的人性。高考不过是这种"失败鄙视链"的一个环节罢了。再过几天就是高考了。炎炎夏日，又在微信看到了几起学生自杀的消息，心情非常复杂。"一生不可自决"，想起陈百强的那首粤语歌："我没有自命洒脱，悲与喜无从识别，得与失重重叠叠，因此伤心亦觉不必。"相比二十年前，现在高考录取率已大大提升，但高考带来的焦虑和恐惧，却没有减轻。祝愿年轻的学子们，经历风雨后，身心强健，开阔通达，人生还有很多美好的东西，等着你们去体验。

本文首发于《天涯》2020年第6期。

柏林日记

春树

南京市第二期"青春文学人才计划"签约作家。本名邹楠,1983年生。作品被翻译成数十种语言。2004年作为作家登上美国《时代周刊》亚洲版封面。已出版《北京娃娃》《长达半天的欢乐》《抬头望见北斗星》《在地球上:春树旅行笔记》《把世界还给世界,我还给我》《乳牙》和诗集《激情万丈》《春树的诗》等。2017年获"李白诗歌奖"银奖。

2019.3.23 柏林，阳光灿烂

一天无事。上午，馅饼跑到邻居家玩，邻居是家东欧移民，平时姥姥、姥爷住这里，父亲在国外工作，母亲带着孩子住附近另一个公寓，那里更暖和点。我们是一楼，光线差点，冬天比较冷。今天，孙女也在，和馅饼在院子里骑了半天自行车。家里的牛奶没了，我带着咖啡向他们要了点牛奶，姥爷特别帅酷，手臂上都是文身，喜欢他。

和国内的朋友聊天，她说终于放下一个任务，现

在正在旅行，喝茶看花。我给她看我前一阵写的三篇小说。

下午，我睡了一觉，太幸福了。不知道有没有人明白那种在大白天睡几个小时的幸福感。

2019.3.24 柏林，阴天

上午，有感而发，写了个专栏叫《鸡汤人生》，又补充了游记的照片说明。

下午，看孩子的法国奶奶来了，我收拾好了衣服去跳舞。上一次跳爵士芭蕾还是一年半以前，舞蹈教室位于东柏林，坐车需要五十分钟。我坐公共汽车去的。以前都是坐地铁再换有轨电车，我家地铁这半年都在修电梯，得到另一个方向再换回来乘，有点麻烦。

不管怎么样，天暖和点了，各国来的游客多了起来。

到处都在修路，丑得要命。

我是怎么到这个城市生活的？我想巴黎。

下了公共汽车，手机快没电了，信号很差，Google地图怎么也显示不出来我的路线。看周围有点陌生，不知道怎么走。只能说我是路盲了，换一趟车来就不知道怎么走了。看到一家越南餐厅，还有二十分钟时间，索性进去喝杯咖啡吧。

屋里暖和极了，我问越南女服务员要了Wi-Fi密码，发现我的目的地离这里只有350米，转两个弯就到了。

老师还是那个老师，学生都换了。他可能没有认出我来，虽然我已经断断续续在他这里上过一年多的课。外国人可能是有亚洲脸盲症，何况也确实过了一年半了。

他的情绪好像不高，没那么有激情，也不是很认真。一个半小时的课结束后，大家坐在地上跟教练一起做一些舒缓运动，练完，他说他表妹病了，他得买机票回趟美国。

回到家，法国奶奶说馅饼很可爱，她为他感到骄傲。我给他做了鱼条，给自己炒了个芹菜，哄他睡觉。

2019.3.26 柏林,天气变幻莫测

今天依然是一个人带娃。早晨送他去幼儿园,看到路边的花开了。可惜开得太简约了,树少,不够蓬勃,不够震撼人心。

家里的日用品快用完了。我先去了一家有机超市,买了一盒草莓、一盒沙拉叶子、一组手纸、化妆棉、香皂、一块打八折的巧克力,一共13.48欧元。结账时我说能不能取20欧元现金,服务员指了一下收银台上的说明,原来得花20欧元以上,才能取现。早知道我就再买一瓶精油了。

我在微博和朋友圈里说好贵,结果大部分人告诉我,很便宜了,在北京不一定能买这么多。

又去了常去的法国咖啡馆,买了一条法棍,两个可颂,一个巧克力小面包,一个小蛋糕,一共10欧元。这个确实不贵,比北京便宜,而且水准高太多了。又走到家门口另一家小店,买了一个牛油果和两个鸡蛋,因为他们只收现金,而我身上现金不太多,所以就只买了两个鸡蛋。一共2.8欧元。

把文集合同打印出来，跟编辑聊了聊合同的修改。编辑说以后要找人推荐上书封，我说我以前从来没有找过人写书封，一本都没有。现在我都不知道找谁，我把文学圈都得罪光了。两年前我想申请一个项目，想起哈金，给他写过邮件，他同意如果需要，会帮我写推荐语。不过最后我也没好意思麻烦他。

或者应该找非文学圈的？如果能让罗大佑李宗盛崔健推荐，就好了。朋友说，让杨澜艾敬喻红，你给她们站过台。杨澜肯定没有，朋友记混了。

编《80后诗选》，大部分随机投稿的人都不行，只好删掉，看那些不是诗的诗让我深受折磨。分化得太明显了，写得好的写得越来越专业越来越好，没入门的则一直没入。还有一些前面加很多形容词的诗人，比如"独立民间纯诗人"，我就知道写得不行，果然差得要命。编得我头疼。

W七点半左右回来了，陪孩子玩了玩。邻居敲窗户，说我们这里最近来了一只松鼠，生了一只小松鼠，Caesar把小松鼠挠伤了好几处。我们决定最近不让Caesar进后院了。

睡觉前，和前一阵在柏林电影节一起看娄烨新片《风中有朵雨做的云》的留学生聊了几句，她告诉我好几次我才想起来，我以前去过她所在的英国某大学，作为伦敦书展的一场。当时一个观众老问我政治问题我还生气了。那时候要是多拍几张照片就好了。可惜，我一张都没拍。她说五月一起去戛纳吧，我心思又活络了。努力挣钱，去戛纳！

2019.3.29 柏林，阴天

突然想起来前天忘写的一段：做家政的阿姨来擦玻璃。自从搬到这里，还没好好擦过玻璃呢。她擦了三小时，玻璃恢复了原本清晰明亮的状态。看，这就是有钱的好处，请专业的人来做专业的事。我等就不必亲自动手了。

阿姨是东欧来的，人挺好的，能干，也没什么废话，最大的需求就是去阳台抽根烟。她抽纸烟，不知道是这里买的还是家人从东欧带的。这里的烟挺贵的，我都抽不起。

选了一上午的《80后诗选》，中午，我想出门吃点好的，本想坐公车去那家哥本哈根的日料馆，又实在懒得动。那是一个需要慢慢享受的地方，不适合匆匆忙忙吃一顿。于是溜达到家附近的一家越南餐厅。那里之前也是一个比较高档的餐厅，后来换成了越南餐厅。我穿了昨天买的连裤袜，配一条红色的小皮裙，上边是一件蓝色T，外套一件黑色红边的小毛衣。我一进去，大桌上吃饭的十几个人都看着我，一个人吃饭的确实比较少见，主要还是因为我穿的衣服比较跳脱，不属于典型的柏林街头风格。

那个男服务员认出我了，问我上次是不是和孩子一起来的，我说是，他很皮。他笑，说他很有活力。

我点了一碗牛肉pho和一杯干白，味道一般。刚吃了两口，外面走过一个熟悉的身影，她推门进来，我们很惊喜，是我的好友Y。她说也打算吃点东西，就google了一下附近的餐厅，看到这家不错，没想到遇到我。

我跟她很有得聊，那家哥本哈根的日料馆就是她带我去的。她最近在学德语，很忙，想约也约不上，这不正好碰到。我很喜欢她，她是个坦率风趣真诚有品位的人，也很内敛。她最近关掉了自己的画廊。我劝她自己做些创作，她对色彩和线条图案的选择很有独到之处。我说我也应该学德语，但我提不起劲。她说你不必，你的汉语那么好，把英语学好就够了。德语可学可不学。我说是的，在国外，把汉语维持在原有水平上也需要学习，语言是在变化中的，要不停地更新自己的语言库。

2019.3.31 柏林，阳光灿烂、温度较低

为什么我一提笔，想写的就是"今天又编了《80后诗选》"？因为这是事实呀。

我睡了一上午，做了几个梦，一直睡到下午一点半才醒。有点晕。

我想看花。W说，出门看花。坐公共汽车，大概四五站吧，一下车，就看到几株粉红色的花树。馅饼骑着小自行车，说，往前走。W说，往后走，在后面。我们过马路，走到W说的地方。结果，花都没开。他说，

呀,花没开。那里人倒不少,旁边有个游乐场,馅饼进去玩了一会儿。我说要喝杯咖啡,我们就往卖咖啡的地方走。阳光真好啊。边走他边问,带钱了吗?我说忘了。呀,你没带啊。他说我把现金都给你了。你怎么没带。我说你又没让我带。吵了几句嘴,心情恶劣。

真的,身边是谁太影响心情了,我怎么就不能做到心如止水?

坐在游乐场的长椅上闭着眼晒了会儿太阳,内心波澜起伏。好在今天穿的是我喜欢的样子,但,也太冷了点儿吧!

我们往家走,打算坐城铁回家。路过一家印度餐厅,他说这就是本来想买咖啡的地方。路边车里下来一个裹着鲜红色头巾的印度男人,还有一个印度妇女和两个小孩。印度人的色彩真是绝了。我喜欢他们的纯色调。

下了城铁,又路过一个儿童游乐场。这一块,倒有几棵树开了花。有个女孩在树下露出欣喜的表情。馅饼抢了旁边一个小孩子的小推车,玩得很嗨。小孩哭了,他爸笑着说,没事。他们家另一个小孩在吃冰淇淋,馅饼过去咬了一口。我们全乐了。

带孩子出门,我压力好大啊,高冷的人设是维持不住了。起码的尊严也没了。因为馅饼太皮了!太爱互动了。太喜欢社交了。

在回家路过的花树下,W给我拍了好几张照片。

春天,就是要看花啊。我对花,有种执恋,一天没有花都不行。

看了几页韩国女作家金爱烂的《噙满口水》。想起以前和C聊过,她说这作家写得太苦逼了。要是她写,就算是苦逼的生活也不会写成这么苦逼。我说我也是,是觉得写得太苦逼了。睡前,看了一会《猎凶风河谷》。

2019.4.1 柏林，阳光灿烂

馅饼眼睛发炎了，所以没上成幼儿园。下午，W带他看眼科，结果白跑一趟。医生都休假了。今天柏林大罢工，不能坐公共交通，我也就没去一个朋友的饭局邀约。

阳光太好，我昏昏欲睡。什么都不想做，只想睡觉。

看哈金的采访。叹他的不容易。不过《等待》是本让我看完很郁闷的书。我不理解，为什么男主人公的爱情观如此陈旧。他说不建议人用外语写作，没错，真是条不归路。他成功了，可是付出了多少啊。

收到哥们胡杨和诗人木桦的微信，俩人正喝酒。胡杨说木桦向你道歉。我说没什么，有什么好道歉的。可能就是有回半夜他约我喝酒我不想出门的事吧。前几天编他的诗，宋壮也说好。写得让人不知道该说什么。

感觉在柏林的生活就是我的苦行，我期待着回北京好好玩几天。跟哥们喝顿酒。还想去哈尔滨找袁永苹，一块儿参观萧红纪念馆。

有好几个人看完我最近的照片跟我说，我怎么那么瘦啊。这归功于衣服和角度。最近我可真没瘦，每次我去健身房，都会刻意称一下。每次都在53公斤左右浮动。怎么也减不下来了。除非加大运动量，而且得是激烈运动，比如打网球，比如拳击，那还是算了吧。

前几天，W把Nunu的猫箱送给了隔壁小区一个养猫的人。Nunu在2015年，我们刚搬到柏林不久就因病去世了。W说，你跟Caesar解释一下，我把Nunu的猫箱送人了，这也是对它的一种纪念。我说好。

哄孩子睡着，我饿了。哀叹没有美团。想电话订个餐去取，又懒得动弹。犹豫了一小时，还是去睡觉吧。你看，晚上八点之后不吃东西，这就是我保持身材的理由（之一）。

2019.4.4 柏林，阳光灿烂

送馅饼上学，中午本想约在柏林度假的朋友B一起吃饭，她说下午打算逛一个博物馆，看一个叙利亚的摄影展。B在柏林住过一年多，后来搬到另一个小城市去了。我本想跟家歇着，但是……一想起来好久没去博物馆了，何况Pergamon Museum是世界上最好的博物馆之一，而我没有去过，于是就说下午去找她。中午我在越南餐馆美美地吃了一顿素食，还喝了一杯越南咖啡。过马路等红灯，看见一辆卡车，他在倒车，然后开走。我就瞅了一眼，司机是个帅哥，冲我一眨眼。我也冲他笑了一下。又买了两枝蓝莓味道的手工冰棍儿。

回家休息了一会儿，我振作了一下精神，也懒得换衣服了，就出门了。换了一趟地铁，又转成城铁，然后坐有轨电车，终于到了博物馆岛。因为在修路，我按着google地图，还走错了。最后我们见面时已经下午两点了。

B让她老公给我也买了张票，票还蛮贵的，18欧元。我之前对于叙利亚阿富汗伊拉克什么的不太感兴趣，这次通过B的讲解，我开始略有了解，也开始对两河文明感兴趣了。她说这个博物馆她来过四五次了，很喜欢这里。

空气不太好，逛得我昏昏欲睡。看完，她陪我一起坐城铁回家，接馅饼前，我们去超市，我买了草莓、酸奶、沙拉、一袋辣的萨拉米、一瓶干白，想起来家里还有小零食和我刚买来的冰棍儿。在花树下面，她给我拍了几张照片。

点上蜡烛，喝着茶，我们一直聊到晚上十点半，非常畅快。馅饼也因为家里来了客人很兴奋，我八点半陪他上床，哄了一个小时他也没睡着。后来我索性带他起来，又跟B聊了半小时。她还感慨，馅饼太能跑了，骑着自行车跑得特别快，她都追不上。

每次和B见面，都超级开心，而且有收获。每次见面，都特别尽兴。我们都尽量花时间精力让见面的时光变得充实和美好。我们很互补，都喜欢时尚，也喜欢艺术和音乐，只是侧重点不太一样。我们都是很强调个人感受的女生，这样的女生永远不会失去自我。她去过很多地方，好多我没有去过的地方，比如印度、冰岛、阿富汗。说起旅行，我们计划下半年去一趟埃及，她是故地重游，我是第一次去。

2019.4.6 柏林，阳光灿烂

看到一则信息，关于波兰裔美国女性工运领袖罗丝·施耐德曼，今天是她的生日。"1911年底，'面包与玫瑰'这个短语更早出现在詹姆斯·奥本海姆（James Oppenheim）的诗句中：'从出生到死亡，我们的人生不应只被汗水浸泡；心灵如同身体一般饥渴；给我们面包，也给我们玫瑰！'"

本来周五半夜W会回柏林，但是他的飞机因为安全原因取消了，因此，整个周六白天都是我来带孩子。家里乱成一团，没来得及放进洗碗机的盘子碟子杯子都堆在桌子上，我听了好几遍Lou Reed的黑胶。带孩子出门买草莓吃，结果超市里的草莓卖光了，他自己拿了个兔子造型的巧克力，又买了点面包酸奶等食品。在另一家小店里给他买了点饼干和一支草莓味道的冰棍。

整理5月23日在柏林亚洲文学节上要读的诗的汉语和德语版。主办方希望我读十三首诗左右，当时我手里边只有四首。这些诗的写作时间跨度比较久，整理过程很长，期间跟翻译，同时也是诗人的维马丁通过

Facebook和邮件沟通过几次,他陆陆续续发来译诗,新发来的加上之前我保存的译诗,终于全都集中在了一起。

看到Ins上,英国摄影师Ming Tang-Evans夸我"She was a dream."我用他者的眼光又审视了一下自己,活得真是够像电影的。我也有很多没做到的,或许有些人认为如果处于我的身份,能做得更好更成功吧。

看D借给我的韩东的《美元硬过人民币》,重读,发现写得真好。以前读的时候囫囵吞枣,在国外又重新看,居然跟第一次看似的。从朋友圈里看到里所正在参加一个诗歌活动。参与的朋友我也都认识,上回回北京本来要请大家一起吃饭,结果正好是春节,人没有凑齐。这回说什么也要一起吃顿饭。

W终于在下午五点左右回来了,给我带回来一支新的电动牙刷。我没忍住跟他大吵一架,情绪激动,哭了。太疲惫了,没有时间和精力做自己的事,也没有感情交流,似乎这种日子会循环反复,看不到未来。一个死环和一个困局。B那天在我家说,结婚以后感觉自己像老虎被关到了笼子里。我也有此感受，啥时候放虎归山啊。而我对于所有感情的逝去都是伤感的。

可能是因为我比较善感，比较吸引迷茫的人，我以前微博上常收到"未关注人私信"。后来我把这个功能关掉了。之前私信过几次的一位读者给我发来一条"春树，为什么我二十岁会想到死。"我一看，就给他屏蔽了。若以前，我可能会不理，或者回复几句。这次我太烦了，这个人之前跟我聊天，想买我在多抓鱼上的书，当时我还没有寄给多抓鱼。于是我答应送给他两本有我诗歌的杂志，还签了名。也许正是因为我的善意，他想跟我聊天，但他根本不在意我的状态。人活成了符号，就没人把你当一个有血有肉活生生的人了。

设身处地地想，如果我想跟一个作家或者摇滚乐明星聊天，肯定是要有一定的感情交流之后才会跟他们讲我的私人感受。我不会把我的情绪一股脑发泄给对方。小时候可能会，那时候不懂人与人之间起码的交往规则。我上高中时，给清醒乐队的吉他手还是贝斯手写过好多信，寄到摩登天空公司，当然人家一封没有回，甚至可能没有看。当时我也很失望，后来我就明白了，这种信对方收到太多了,无从回复。孤独心灵的共鸣需要对等,一个作家最好的作品,是他/她的书。一个音乐人最好的作品,是他的音乐。

W带孩子去采购了周一要带到学校的食品,然后我安抚他睡觉。睡前,我发现我在北京机场买的保温壶的盖子关不上了,可能是W洗的时候把它弄坏了。这个保温壶我特别喜欢,一下子有点难过。我想回头看看,有没有办法修好它。

附一首:
看了一些唐诗新译

馅饼在客厅牙牙学语
我在看微信上朋友翻译的唐诗
他把唐诗翻译成了口语诗
我被一首杜牧的打动了
猜了半天没有猜出来
是哪首

这时

电话响了

他说快去外面看彩霞,太美了

我们抱着刚刚拉了屎的馅饼

走出门外看彩霞

2016.9.24

Chun Sue

EIN PAAR TANG-GEDICHTE IN NEUEN VERSIONEN

Mein Fladen lernt im Wohnzimmer sprechen

Ich les auf WeChat Tang-Gedichte von einem Freund

Er hat Tang-Gedichte in Alltagssprache übersetzt

Eines von Du Mu hat mich bewegt.

Hab ewig geraten welches es sein mag

und es nicht erraten.

Zu der Zeit

läutet das Telefon.

Er sagt geh schnell raus, die Wolken draußen, einfach

zu schön.

Wir nehmen Fladen der gerade geschissen hat

und schauen uns draußen die Farben im Himmel an.

24th September, 2016

Übersetzt von MW im April 2019

2019.4.7 柏林，阳光灿烂

今天是柯特·科本去世的日子。不知道为什么，每年我都能想起来，不需要任何提醒。

下午，美国的阿姨来了，馅饼哭着不让我走，我还是狠下心走了。总和我在一起，总是两个同样的人，也不健康。偶尔跟不同的阿姨待待，有利于平衡。

我去咖啡馆喝了一杯咖啡，有路人坐在路边闭上眼睛晒太阳。街上的人多起来了，几乎快达到了国内的密集度。今天是周日，拉家带口的人很多，我一想到W还在出差，我就……

边喝咖啡边看《二手时间》。写了一首同名诗。

走着去公园，草地上全是人，我找了块空地，脸上

搭一件白T恤，躺着晒太阳。觉得没意思，随后又去了游泳馆。游了四十分钟以后，身体终于又恢复了活力。

晚餐，在那家比较高级的越南餐厅吃的。配一杯粉红色葡萄酒。

回家，按门铃，馅饼冲到院里来接我，见到我喜不自禁。阿姨说带他去坐了城铁，还去了公园，吃了冰淇淋。看来，比我在家陪他要好多了。

晚上，他睡着了，我在客厅点上蜡烛，看了几集《与青春有关的日子》，刚出来时特别迷这个电视剧。重看还是喜欢，我就是喜欢几个人在一起瞎胡闹的生活。这个电视剧把人与人之间比较朦胧的感情描绘得特别到位，其实，人不仅有最爱，还可能出于欣赏或者友情，也对其他几个人充满好感。最重要的是不要污名化这种好感，也别树道德牌坊。嗯，我不受"三纲五常"的束缚。

半夜，馅饼咳个不停，又不喝药水，我又心疼又生气，气死我了。

2019.4.8 柏林，阳光灿烂

生活对人的摧残就是没有时间写东西了。我跟北大毕业的女孩B又聚上了，最近柏林天好，我约她一起公园晒太阳。她是那种成长环境和轨迹与我完全不同的人，一路都是好学生，乖孩子，一直顺顺利利地读完博士留在柏林，结婚生子，现在有份时间比较自由的工作，而且不用上班打卡。她说绝对不回国生活了，跟我天天想回国不一样，她对国内的日子包括什么环境啊风景啊都没有留恋。她说上大学和研究生这几年，对北京一点没有归属感。每次回老家也是压力重大，各种人际交往让人费神。我说我每次回国都很有收获，感觉跟母国亲情有了连接。人与人的所求真是不一样啊。

我带她逛了一家二手店。刚搬过来的时候，我在里面卖过一些衣物。卖得很便宜，店主还要提一部分成，最后大概卖了不到一百欧元吧，有点麻烦，我以后就没有再卖过，普通的衣服就直接打包捐给慈善商店。

她买了一副耳环，我买了一双黑色平底鞋。这双鞋得用现金付款，店主解释说这是客人捐出来做慈善的。D帮我凑上钱，总算买下来了。买到心爱的东西，两人都很兴奋，走着去公园晒太阳。可惜啊，唯一还在开花的树下已经坐着两个人了，一老头一老太太。晒了一会儿我起来一看，老太太正给老头拍照片呢。爱美之心人皆有之，哪怕是柏林这种出产严肃之人的地儿，哪怕已经不再年轻。

她感慨，啊，这样的日子，一礼拜有一天就行了。

想什么呢，我说，一个月有一天就行了。

晒完太阳，我们路过另一家二手店，还在购物的兴头上，又进去了，她买到了一个寻觅已久的皮包，我买了条裙子，黑色的，腰的部分是粉色的，适合参加活动或者看演出的时候穿，才20欧元。二手的东西确实便宜。只不过得好好挑，不要挑太旧的，也不能因为便宜就瞎买一通，有段时间我特别爱买，很多买回来也没有穿，直接打包又捐出去了，说起来还是浪费。

接完馅饼，他要吃冰淇淋，就给他买了一个。本想带回家吃，没想到他说要坐在路边。这孩子已经有自己的想法和主意了。回家给他滴眼药水，闹得跟杀猪一样。心累。

2019.4.9 柏林，阳光灿烂

今天有点降温，我一看天气预报，过几天要降到零下。真是直上直下，跟坐电梯似的，没一点起伏，没一点温柔。气候会影响人的性格和表达，你看英国人，那么多小心思那么多婉转肠子，都是让英国变幻莫测的天气给闹的。你看这德国人，……俄罗斯人，外冷内热爆裂，他们的作家都爱死了他们的国家，他们无法忘记俄罗斯土地上的风景……记得我曾经和我最好的朋友说过，我们都喜欢辽阔的风景，喜欢广袤的国土，比如俄罗斯，比如中国，比如美国……

写日记的时候我正在听Lou Reed，我好像对他这张唱片着迷了。

今天是做了无用功的一天，W催我去上次的地方看花，他怕过几天花就谢了。我坐车过去以后发现，花还没有开。阳光很好，空气有点寒意。在亚超买了点芋头，看到冷冻的猪大肠，突然想起干锅肥肠，买了没多久我就后悔了。自己料理起来太麻烦了，尤其是在疲惫了一周的情况下，做这道菜可太自找苦吃了。在家我一般吃素，受不了做肉食的过程。这回我是怎么了？晚上还是做了葱油拌面和一个沙拉。

收到一个好消息，入选了南京"青春文学人才计划"。好友培源祝贺我，我很感动。他正在写论文，我们约着等我回北京一起喝酒，这次我请客。严彬说我太懒散，应该开公司办刊物，他说别人都会利用他们的名声，你看看人家。说得我想死。又与孙一圣聊了几句，关于写作，还有做刊物。

接馅饼，本想买瓶红酒喝，他在店里一直闹着要吃巧克力，只好作罢。我说带你吃冰淇淋。我们吃到了最好吃的意大利冰淇淋，他是草莓味我是香草味。也不贵，好东西其实并不特别贵，甚至比冰箱里的普通冰淇淋还便宜。又顺便去二手店买了件羊绒衫。之前我曾在一件五颜六色的线衫和一件浅灰色的羊绒衫中间犹豫不决，最后我选择了灰色的。单色的衣服看着更舒服，花花绿绿让人厌倦，可能是在欧洲生活了几年，对适合自己的服装有了新的认识。

晚上，我已经累得不行了，馅饼睡着以后，我起来看了一个喜剧片，《特工狂花》。20世纪90年代的老片子，我看完才发现，我已经看过。我喜欢这种双重身份的主人公，这种经历本身就有电影感，人如何面对两种身份，这部电影结合得很好，可能现实生活里就不这么美好了。90年代真棒，充满一往无前的动力。我一看美国片就自动代入进去，我为什么喜欢美国？可能是因为美国电影美国文化影响了我整个青春期。美国人实在，有一说一，该翻脸就翻脸，没那么多花花肠子，简单乐观，再小的人物也个性十足。让·波德里亚在《美国》里写道："美国人没有贵族式的优雅，也没有法国人的'礼仪和矫揉造作'，但是，他们拥有来自对空间的占有的一种'轻松'，而行动上的自由，又使他们拥有'一种空间的民主的文化'"。美国既不是梦也不是现实，它是一种超真实。超真实是因为这是一个乌托邦，然而是一个从一开始就被认为是已经实现了的乌托邦。

"看看这个在客房为你服务的女孩吧：她以完全自由的姿态在做事，她面带微笑，没有偏见，也不自负，仿佛她正与你面对面坐着。情势并不是平等的，但她并不追求平等,因为平等已经融入习俗中。"

该重回一趟美国了。我想念那里。

2019.4.10 柏林,晴

昨晚看了一篇张辛欣的《猝离》,讲她老公去世的事,在美国。又看了一篇访谈《寻找失踪的小说家张辛欣》,"你一个小说家,必须拿小说说话。这是你的命脉。没有这个,再多花样,再多创见,也是立不住的。"

这几个礼拜,W出差,偶尔回来个一天半天就旋即离开,留下我跟宝宝在柏林,忙得我鸡飞狗跳兵荒马乱。再好的身体也禁不住,尤其是这几天宝宝半夜会咳醒,我们都没睡好。最近看网上关于资本家压迫工人的996工作时,心想这母亲之职是一年到头无休的,而且,没收入。这不,早晨我和宝宝谁也没起来。看着他睡得那么香,我也没忍心叫醒他。索性让他睡吧。一直睡到九点半,我们才起来。他玩他的玩具,我收拾堆积如山的碗碟。怎么就积攒了这么多啊，莫名其妙。家务劳动太烦了，不干还不行。

管党生突然发来一首诗向我发难，"你写的，和你喜欢的诗，基本是，打油诗，你们共同的特点，是不知，斯宾诺莎是何人"。我说随便你写，这是你自由。他说主要你不能公正看我的诗，小沈都比你公正些，我一直耿耿。我说我得送孩子去学校了，回来再说。这管党生，不知道又怎么了。我真是没空说什么，我也不生气，他这种情绪化的毛病也不是一天两天了。

十一点半，我送宝宝去学校。实习老师见到我很惊讶，她会说英语，我跟她解释了一下。另一个老一点的老师见到我们，有点不高兴，说这样不好，你得提前打电话，一通聊。我立刻不好意思了，确实给人家添麻烦了。我是个特别容易共情的人，特别好说话，能体会到对方的立场。我说那我把他带回去吧。老师又说，不用了，留下来吧。

我问W要来老师的电话，存在手机里和本子里。在路上买了两个鸡蛋。为什么只买两个？因为宝宝学会了自己开冰箱往地上扔鸡蛋。我不敢在冰箱再存鸡蛋了。

下午在家，又整理了一下诗。看了一些《80后诗选》的投稿。晚上与宋壮壮聊了几句编稿。他看得很快，评语都特别到位。去年冬天回北京时我拍过梅卡德尔乐队的一个MV《把她还给她》，张晓舟在微信上问了我三个关于梅卡德尔乐队的问题。

躺床上思考人生，我来柏林已经四年了，没什么长进，真惭愧。得理理自己的人生了。卡里的钱也快用完了。

仍然，去了意大利冰淇淋店，宝宝跟几个孩子互动，一人一支冰淇淋。他逗得别人很开心，自己还趁机跑到后厨了，他真是个乐观活泼的孩子。我灵光一现，他太像陆小凤了。鬼机灵、不羁、野性，还爱脱袜子。

九点多，W回来了。他在布鲁塞尔他小时候最喜的唱片店给我买了一张黑胶。我一看，The Drums的新专辑，"你怎么知道我想要这张？！""我不知道。"我们婚礼上，我的闺蜜Gia跟他还合作唱过The Drums的一首歌，他弹Bass。

2019.4.11 柏林，多云

请W在哥本哈根日料店吃了午餐，他下午四点半的飞机，接着去布鲁塞尔出差。吃饭的时候我检讨自己格局太小，太喜欢微小的快乐，忽略了大的视野，比如，办一家文化公司？申请一个项目？受更高的教育？这都是要付出心力的，需要挑战，得实打实地付出才行。我只能向上走，没法儿回头。我埋怨自己申请过四个项目，前三个都失败了。他说，如果你一个都不申请，失败率为0。

坐公车回家，路过家旁边的周四市场。远远就看到几束漂亮的花，我情不自禁走过去，太美了，我问多少钱，摊主说8元。我身上只有10欧元现金，但我毫不犹豫选了一束。都很美，牡丹配郁金香，还有两种不知道名字的小花,还有绿色的配叶。他问我从哪里来的,我有点警惕,这种问题自从到了欧洲生活,常常遇到。日本?他问。他看上去特别朴实,我就逗了逗他,说再猜。台湾或者中国……我并没有纠正他什么台湾也是中国的一部分之类的。我简明扼要地说,北京。他说这花本来卖10块钱的,因为你我才说8块。我笑了,说"That's sweet"。日本,我想去,但从来没去过。我说。另一个摊主憨厚地笑,我不想冷落他,就问,你呢?我?我从德国北部来的。他笑。肯定也没有去过日本,可能没有去过亚洲呢。唉,有些德国人就是这么朴实!心眼儿特别好,朴实得让人心疼。有时候我忍不住将他们的朴实跟法国人意大利人美国人英国人对比,得出结论:没有比朴实的德国人更朴实的人了。你都能想象到他们从小生活的环境和受到的教育,绝对梭罗。

英国作家兰姆在给华兹华斯1801年1月30日的信里写道:

我对于树林和山谷没有热情——或者说,自从我过去那次恋爱之后我对于他们就没有热情了,而且连那次的热情也是伪造的产物。

你的太阳、月亮、天空、山峰、湖泊,统统不能打动我。或者说,在我看来,它们顶多不过是像我可以居住的挂着花毯、点着蜡烛、摆着漂亮物件的一所阔绰的房间而已,并不具备什么令人崇敬的品格。我把天上的云霞不过看作头上的屋顶,涂抹得很华丽但不能使头脑得到满足——说到底,像一位鉴赏家房间里挂的那些图画,已经不能再给他什么愉快了。因此,对我来说,大自然的美景(如在有限圈子里所称呼的那样)由于废弃不用而黯然失色,只有人的一切发明创造,以及这个大城市里的种种人群聚会,才是永远新颖生动、永远生气勃勃、永远热烈精彩。

可能他们的身体经受了不错的锻炼,可是他们的大脑并没有经过有效的培养。潜力没有被开发出来。这就引申到了何种教育方法更好的问题,我并没有答案。孱弱的身体和孱弱的头脑一样是个遗憾。人类走到今天,还没有发展出一种完美的教育方式,无非都是在探索罢了。而更重要的问题是,"老师"是谁?由谁来教导?大概在我20岁出头的时候(记得我当时在写《抬头望见北斗星》这本书),我有一个网友,是美国人,他当时在东欧一个地方实习,想当外交官。有一次我们讨论教育,他说了一句话,简直是让我振聋发聩——"谁来教?"我们假设老师已经受到了完美的教育,然而何为完美的教育何在摸索和讨论中。

刚回家,就收到W的电话,他把护照落家里了,让我打车去机场给他送护照。我送过去了,幸好他赶上了飞机!我又坐同一辆车回来了,司机是土耳其裔,特别风趣,我们聊了一路,他说的几乎每一家餐厅我都知道,我这才发现,对柏林,我已经有点熟悉了。然而它何时转化为内心的依恋和柔情?

晚上,收到好友B的信息,她吐槽说很多德国人对亚洲人有种刻板印象,还有歧视和看低的心理。一下子我想起来以前的几次经历。她说她民族自尊心很强,甚至想到了以前"华人与狗不得入内"的标语。最后我总结，我们要做出样子来，给他们看看。虽然这不是第一动机，也算是一个次要的动力吧。

2019.4.12 柏林，阴

天一下子冷起来。Caesar的猫粮和宝宝的尿布都没了，我坐地铁去买猫粮，回来又渴又饿。路过一家很地道的意大利外卖比萨店，身上的钱只够买一块的。又去超市买尿布。

回家，吃完比萨，睡了一会儿。想起来明天晚上就在回北京的飞机上了，一下子想宝宝了。这次我没法带他回去，因为W不同意，他怕一个月见不到孩子，我又必须得回国参加表弟婚礼，于是只能我一个月见不到孩子了。

晚上，我要去文学节的前期party，约了法国奶奶来看宝宝。她一来，就要我给她打开法国五台，馅饼一看见她，就说要跟我一起出去。就这样，他哭闹着，法国奶奶又逼我给她弄电视，电视又特别复杂，我只好给馅饼看电脑，她说你知道他的，特别crazy，你没有一分钟时间休息，W说不让我给他看电视和电脑。我只好回到电视前,给W打电话,反复了几次,终于弄好了。馅饼根本不让我出去,他大哭不已,我最后还是出门了,在院子里都能听到他的哭声。要不是W一直出差,我们也不用这么悲催。可我又无法说服W和我们一起搬回北京,所以他只能出差,生活费很高,经常入不敷出。这么辛苦,又没有什么回报。简直可笑。

那个Pre Party是公开的,免费入场,主持人说德语,有三个嘉宾读诗,其中一个黑人男诗人还唱了首法语歌。我点了一杯自由古巴,现金还是临时去外面ATM取的。我的感觉是在没有人介绍的情况下,没有任何人知道你的身份,更不会把你和作家或者诗人联系起来。这个跟肤色也有一定关系吧。说来可笑,我在外面抽烟时主动跟两个人说过话,一个人我问他,你也是诗人吗?他说不是,他就是过来听的。说完不好意思地进去了,留下我一个人目瞪口呆:你跑什么呀?还有一位,吧台时坐我身后,我说你是印度诗人吗?我从网上看到你的照片了。其实我认错人了,他是来出差,顺便过来玩的。我再也不想跟人搭话了。事后我想,应该跟上过台的这三位说话,起码他们肯定是诗人。

作为一个在德国毫无名气的人,在这种场合非常孤独,根本没人理你,除非你的脸一下子就能让人认出来。我从来没有作为读者在国外参加过这种活动(其实这次也不是,我也是他们的嘉宾,不过活动很大,人很多,也没有人专门介绍),第一次体会到不被重视的滋味,因此小吃上来的时候,我报复性地吃了很多,味道不错,起码我吃饱了!这就是我花了五十欧元请小时工看孩子作为代价才出来参加的Party,有点令我失望,好歹对于自己在德国的默默无闻又有了深刻了解,这让我更加树立了一定要写好作品的决心。

回到家,法国奶奶正坐在椅子上看报纸,馅饼睡在沙发上。她已经完全不是之前的崩溃焦虑了,见到我时特别释然放松。我跟她说馅饼不crazy,他很活泼很甜蜜。然后我送了她一支郁金香,她特别高兴。法国人就这样,懂美的价值。她还跟我聊我的香水,一瓶瓶品鉴,我想或许她更喜欢跟我交流而不是看孩子,因为我的爱好跟她类似。以后少找她。我把馅饼抱上床,把他裤子脱了,给他盖好被子,亲了他一下。

有个网友一直给我公众号留言，说希望和我成为朋友，让我加她微信。我说我不加陌生人微信，我交朋友需要慢慢来，需要互相了解。我的诗人朋友X也在微信上说有人说是你铁粉，说想加你微信。这种逼迫感让我很反感，我拒绝了。我真的不喜欢和读者加微信，我的生活是我自己的，我对大众没有义务。

日记外的话

谁能在柏林活下去，谁就能在全世界活下去。这里是北方，街上的人不爱笑，地铁里的尤其严肃。

这里的饮食实在太糟糕了，又冷，阳光不够充沛，在这里生活，需要很大的勇气和热度。我把柏林当成我的一座孤岛，一个写作间，它让我与母语隔开，同时隔开的是诱惑和社交。每当我终于受不了这种孤独和压抑时，我就会买张机票，回我熟悉的北京。

在5月23日的"柏林亚洲文学节"上，我读了十四首诗，用的是汉语，德语翻译是我奥地利的诗人朋友维马丁。这是我第一次在柏林参加诗歌活动。那天在研讨会上，主持人和德国女诗人也讲到在柏林的中国诗人和作家很少。归其原因，我认为有三点，一是语言；二是经济问题，柏林不是一个经济发达地区，不好找工作，而作者是需要挣钱来生活的；三是来这里的中国人大部分是学生和工作签证，结婚签证也有一小部分，这样的人从小循规蹈矩，性格早已被塑造定型，不可能搞创作。同时德国也不是一个移民国家。

认识这些在柏林搞文学的人让我很惊喜，终于遇到同类。他们会在杂志上登我的诗，还有可能出版德语诗集，我想以后跟他们做些活动，在杂志上介绍一些中国年轻诗人，增进德国读者对中国当代诗歌的了解。

本文首发于《江南》杂志2019第5期。